「一生俺だけだという言葉を、ずっと信じていたんですよ」
「……ノエル、様？」
「俺は、シェリーの為にここまで来たのに」

ノエル
Noel

クリフ
Cliff
クラリス
Claris
シェリー
Sherry

わたしの為とは、どういう意味だろう。
何もかもが分からない中で、
先程の「愛している」という言葉が
頭の中でこだまし続けている。

押して駄目だったので、
引いてみることにしたのですが
琴子 KOTOKO
一迅社ノベルス

Contents

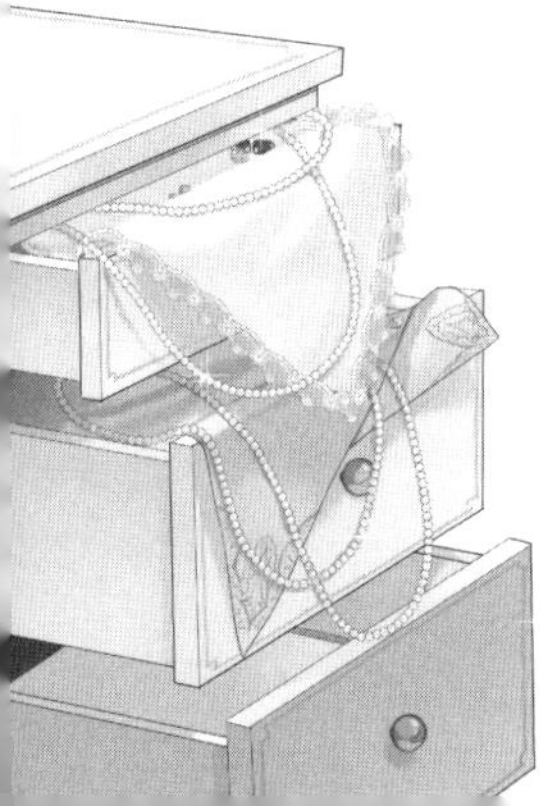

Oshite damedattanode,
hiitemirukotoni shitanodesuga

Presented by
Kotoko & Kotora Hu

押して駄目だったので、引いてみることにしたのですが

キャラクター紹介

シェリー・グラフトン

男爵令嬢。魔法学園入学当日ノエルに一目惚れして以来、一途に想い続けている。水魔法使い。

ノエル・アンダーソン

伯爵家の長男。国で片手に入るほどの魔力を持つ火魔法使い。真面目な努力家。

クリフ

ノエルの友人。明るく気さくな性格で、顔立ちも整っており、女性から人気がある。風魔法使い。

クラリス

子爵家の生まれで、シェリーの親友。ノエル一筋なシェリーのことを呆れながらも応援している。

Keyword

魔法

火・水・風・土の4つの属性がある。遺伝はせず、魔力を発現するのは人口の三割程度と言われている。

王立魔法学園

厳しい試験を通過した者だけが入学を認められ、身分問わず通うことができる。実際は貴族の子息子女が多い。

イラスト／風 ことら

プロローグ

prologue

「――俺の事が、好きじゃなくなったんですか」

今にも消え入りそうな声で、ノエル様はそう呟《つぶや》いた。

「そうかもしれませんね」

大好きだと伝えたいのに、わたしの口からは気持ちと正反対の言葉がこぼれてしまう。

「本当に酷《ひど》い人ですね。俺はこんなにもシェリーのことを愛しているのに」

「……えっ？」

「一生俺だけだという言葉を、ずっと信じていたんですよ」

五年以上も片思いをしていたノエル様からの突然の告白に、戸惑いを隠せない。

泣きたいくらい嬉《うれ》しいはずなのに、ティースプーンに映るわたしは驚くほど無表情のまま。

「俺はシェリーの為にここまで来たのに。今更捨てるなんて、絶対に許さない」

そう呟いたノエル様の手が頬《ほお》に触れ、気がつけば柔らかな熱によって唇を塞がれていた。

第一章

世界が始まる一秒前

「シェリーったら、またノエル様のことを見ているの？」

教室の窓からグラウンドにいるノエル様を必死に目で追いかけていたところ、隣へとやってきた親友のクラリスは、今日も呆《あき》れたような眼差《まなざ》しを向けてきた。

「ええ、今日も眩《まぶ》しすぎて目が潰れそうよ」

「入学式で一目惚《ひとめぼ》れをしてから、もう半年も経《た》つじゃない。毎日毎日、ただ遠くから眺めているだけでよく飽きないわね」

「飽きる日なんて一生こないと思うわ」

わたしはそう言いきると、再びグラウンドへと視線を向けた。

――何をとっても平凡な男爵令嬢であるわたし、シェリー・グラフトンがラザフォード王国の名門校である王立魔法学園に入学してから、六ヶ月が経つ。

この国で魔力を発現するのは、人口の三割程度。魔法には火・水・風・土という四つの属性があり、わたしは水魔法使いだ。ちなみに両親ともに魔法は使えず、遺伝などはしない。

王立魔法学園には、魔法を使った実技試験や筆記試験といった厳しい入学試験を通った者だけが通うことができ、三年間学んだ後に卒業すれば仕事に困ることはないと言われている。

身分を問わず入学できるものの授業料は高額なため、生徒の大半が貴族の子息子女だ。

わたしは子供の頃から魔法が好きで、この学園に通い魔法について学ぶのが夢だった。

とは言え、生まれつき魔力量が少なく、必死に勉強をして筆記試験で高得点を取り、ギリギリで滑り込むことができた。合格通知を受け取った日は、両親と抱き合って泣いて喜んだ記憶がある。

そうして緊張しながら迎えた入学式で、一番に声をかけてくれたのがクラリスだった。美しい黒髪がよく似合う彼女は子爵家の生まれで、少し毒舌《どくぜつ》ではあるものの快活で優しく、自慢の親友だ。

「あっ、死角に入って見えなくなってしまったわ……次にお姿を見られるのは放課後かしら」

「本当に健気《けなげ》ねえ。手紙の一通くらい、送ってみればいいのに」

「もう、何を言っているの！　わたしなんかがノエル様に関わるなんてありえないわ！」

（こうして見つめているだけで、幸せだもの）

わたしはそう言いきると、先ほどまでノエル様がいた場所をぼんやりと見つめた。

ノエル様――ノエル・アンダーソン様はわたし達と同じ魔法学園の一年生であり、我が国有数の力のある伯爵家の長男でもあった。輝くような銀髪に宝石のような紫色の瞳がよく似合う彼は、家柄だけでなく見目《みめ》や成績も良く、国で片手に入るほどの魔力を持つ火魔法使いなのだ。

その実力から、エリート中のエリートである王国騎士団からも既にお声がかかっているんだとか。

平々凡々な男爵令嬢であるわたしが関わるなんて、恐れ多いにも程がある。

そんな彼を好きになったのは、入学式を終え、迎えの馬車へと向かっていた時だった。

『これ、君のでしょう？　落としましたよ』

『――』

正門前で、落としたハンカチを拾ってもらっただけ。

そんな三流小説のような出会いだったにもかかわらず、一目見た時から信じられないほど彼に焦がれていた。他人からすれば、ただの一目惚れなのかもしれない。

それでもわたしにとっては、雷に打たれたような衝撃だった。

（わたしにはきっと、この人しかいない）

理由なんて分からないけれど、本気でそんなことを思った。

アメジストのような瞳や整った鼻筋、形の良い唇。全てが完璧《かんぺき》で綺麗《きれい》で、目が離せなくなる。

その場に立ち尽くすわたしを見てノエル様は困ったように微笑《ほほえ》み、ハンカチを握らせてくれた。

『それでは』

そうして去っていく彼の背中が見えなくなって初めて、わたしはお礼すら言えていないことに気がついた。ちなみに拾ってもらったハンカチは洗わず、額縁に入れて部屋に飾ってある。

それからというもの、毎日のように姿を目で追っているうちにノエル様がどれほど素敵な方なのかということを知り、今ではその全てに惹かれている。

生まれ持った才能や地位に甘んじることなく努力し、身分など関係なく誰にでも分け隔てなく接す

る彼は、誰よりも優しくて素晴らしい人だった。

「……ノエル様は、本当に遠い人だもの」

これほど想っているけれど、関わったことはあれ以来一度もない。それでも、遠くからその姿を見つめているだけで幸せで、ノエル様への想いは日々募り、膨れ上がっていく。

同じ世界に彼が存在していることに対し、ひたすら神に感謝する日々を送っている。

卒業まで残り二年半、毎日ノエル様を眺めていられるだけで、わたしの人生は満ち足りたものになると思っていた。


ある日の昼休み、いつものように食堂でクラリスとともに昼食をとりながら、わたしはノエル様について熱く語り続けていた。

「今日のこのパスタはね、以前ノエル様が頼んでいたものなの！」

「シェリーったら、本当によく見ているわね」

「ええ。ノエル様が過去に食べたというだけで、どんな高級店のものよりも美味《おい》しく感じるの」

「そ、そう……幸せそうで何よりだわ……」

クラリスは本気で引いた表情を浮かべているけれど、これもいつものことだ。

それでもなんだかんだ話に付き合ってくれ、いつも遠くから見つめているだけのわたしを不憫《ふびん》に思い、応援してくれているのだ。そんな優しいクラリスを一番の友人だと思っている。

　わたしは「ええ！」と元気に返事をすると、フォーク片手に話を続けた。

「それにしても、今日もノエル様は素敵だったわ。今朝なんてね、眠そうに目元を擦《こす》っていたのよ。遅くまでお勉強なさっていたのかしら。可愛《かわい》らしい姿に心臓が破裂するかと思っちゃった。ノエル様をこの世に生み出してくださった神様と彼のご両親には、本当に感謝してもしきれないわね」

「――そんなにノエル・アンダーソンが好きなんですか？」

「はい！　それはもう。世界で一番好きです！」

「そうなんですか、ありがとうございます」

「どういたしま、して……？」

　そこまで言って初めて、わたしは自分が今、誰と会話しているのだろうかという疑問を抱いた。

　目の前に座っているクラリスは、口をあんぐりと開けたままわたしの後ろに視線を向け、石像のように固まっている。

「あ、あれ……？」

　やがて恐る恐る振り返るとそこには、たった今「世界で一番好きです！」と全力で愛を語った相手である、ノエル・アンダーソン様その人が立っていた。

　穏やかな笑みを浮かべたノエル様は、まっすぐにわたしを見つめている。

（わ、わたし、ついに都合の良い幻覚まで見るようになってしまったのかしら……）

そう思い手の甲をつねってみたけれど、しっかりと痛みはある。

どうやら、夢や幻なんかではないらしい。このノエル様は間違いなく本物だ。

半年ぶりにこんなにも近くでノエル様を見たこと、彼と会話をしてしまったらしいことで、幸福度が限界を超え、わたしの意識は飛びかけた。

「……あ、あああ、わた、わたし」

「君、いつも俺のことを見ていますよね」

「ひっ……！　す、すみません……！」

まさかノエル様に認知されているなんて、想像すらしていなかった。彼の中でのわたしはきっと、にやにやとしながらいつも自分を眺めている気持ちの悪いストーカー女に違いない。

「謝らないでください。名前を伺っても？」

けれど神様のような優しいノエル様は、こんなわたしにも穏やかな笑みを向けてくれる。

そして何故か、名前を尋ねてくださった。然《しか》るべきところに通報でもするつもりなのだろうか。

「あの、シ、シェリー・グラフトンです」

「シェリーですか。いい名前ですね、それではまた」

花が開くような柔らかい笑みを浮かべ、ノエル様はご友人とともに去っていく。

わたしは今起きた出来事が現実だと理解できるはずもなく、息をすることさえ忘れていた。

そんなわたしの頭をクラリスが思いきり叩いたことで、ようやく現実に引き戻される。

「はっ……わたし、ノエル様、喋《しゃべ》っ……名前……呼ばれ……!?」

「ええ、そうよ！　良かったわね、シェリー！」

心の底から喜んでくれているクラリスを見て、だんだんと実感が湧《わ》いてきた。

嬉《うれ》しいような恥ずかしいような、申し訳ないような気持ちで胸がいっぱいになる。

（ノエル様と、お話ができた……もう思い残すことは何もないわ。神様、ありがとうございます！）

わたしなんかに話しかけてくださった上に、名前まで呼んでくださったのだ。

ノエル様にとっては一度限りの気まぐれだったとしても、わたしにとっては一生の思い出になるだろう。本当に奇跡のような出来事だった。

――そう、思っていたのに。

その日からノエル様は、顔を合わせる度に「やあ、シェリー」と声をかけてくださるようになった。


「こんにちは、シェリー。今日はいい天気ですね」

「ノ、ノノノエル様！　こ、こんにちは！　あっ、天気が、そうですね、最高だと思います！」

廊下ですれ違うだけで、今日もノエル様はまるで友人のように挨拶《あいさつ》をしてくれる。

一体どうしてノエル様が、こうして声をかけてくださるのかは分からない。けれど幸せすぎて、理由なんてもう何でもよかった。

「あはは、シェリーちゃんは本当にノノノエルのことが好きなんだね」

緊張と動揺を隠せないわたしを見て、ノエル様のご友人であるクリフ様は可笑《おか》しそうに笑っている。

眩しい金髪がよく映える整った顔立ちの彼は、ノエル様と同じく伯爵令息で女子生徒の憧れの的だ。

クリフ様はとても明るい方で、最近ではわたしにも気さくに話しかけてくれている。

「……クリフ」

からかうように笑ったクリフ様を、ノエル様は諫《いさ》めるように軽く睨《にら》む。

「怒らないでよ、ノエル」

「す、すみません、わたしが噛んでしまったばかりに……！」

「いえ、シェリーは悪くありません。それではまた」

笑顔で手を振り、ノエル様は再び歩き出す。クリフ様は肩を竦《すく》めて笑い、その後をついていく。

わたしはうるさい心臓の音を感じながら、火照《ほて》る頬《ほお》を両手で押さえた。

（また明日も、お話しできるといいな）

ついそんなことを考えてしまった自分に、驚いてしまう。少し前までは遠目で一瞬、姿を見られるだけで幸せだったというのに、贅沢《ぜいたく》になりすぎてしまった自分を叱咤《しった》する。

「……だめだわ。ノエル様のことが好きすぎて死にそう」

それでも、緩んだ口元はなかなか元に戻ってはくれなかった。

それからあっという間に月日は流れ、わたしは最終学年である三年生になった。

もちろん今も変わらず、ノエル様のことが好きだ。変わりないどころか彼への想いは日々膨らむばかりで、とうに好きを超えていた。もはや愛と呼んでもいいだろう。

「えっ？　う、うそ……！」

そして新学期初日、クラス分け表が貼られた掲示板の前でわたしは立ち尽くしていた。

何度確認しても、わたしとノエル様のお名前が同じクラス内にあるのだ。

「あの、すみません！　ここに、シェリー・グラフトンって書いてありますよね？　こっちには、ノエル・アンダーソン様のお名前も！」

「そ、そうですね……書いてありますが」

結局あまりにも信じられず、自身で数十回確認した挙げ句、隣に立っていた知らない生徒にまで三度確認してもらい、わたしはようやくその事実を受け入れることができた。

（ああ、神様……！　本当にありがとうございます！　間違いなく人生で一番幸せな出来事だわ！）

駆け足で新しい教室へ向かい、窓際で一際輝いている銀髪の元へと駆け寄る。

春休みを経て半月ぶりにお会いしたノエル様は相変わらず素敵で、胸が歓喜に震えた。少しだけ髪も伸び、以前よりも大人っぽくなった気がする。

同じ世界で生きていることを、今日も神に感謝した。

「ノエル様、ノエル様っ！　同じクラスです！」

「おはようございます、シェリー。そのようですね」

「夢みたいです！　毎日ノエル様と同じ空気を吸える上に、あっ……前後の席になれば、書類の受け渡しなんかで手が触れてしまう可能性もあるのでは……!?」

「君は今日も健気ですね」

　読書をしていたらしいノエル様は、そっと本を閉じてくすりと笑う。

　食堂で声をかけていただいてから一年半が経ち、今では自ら話しかけるようになっていた。なんとノエル様の方から、身分など気にせず気軽に声をかけてほしいと言ってくださったのだ。

　この一年半、ノエル様のお蔭でわたしは毎日幸せの絶頂にいる。

　そして両親に心配されるほど熱心に神様に祈り続けていたせいか、同じクラスにまでなれたのだ。

　毎日同じ教室でノエル様と過ごせるなんて、夢のようだった。夢ならどうか醒《さ》めないでほしい。

「ノエル様、残り一年間もよろしくお願いしますね！」

　そう言って笑顔を向けたところ、何故かノエル様は少しだけ戸惑ったような表情を浮かべた。

「……一年間、か」

　ぽつりと呟《つぶや》いたその様子は、どこか寂しげにも見える。

「あの、何かありましたか？」

「いいえ、なんでもありません」

浮かれすぎたあまり何か失言をしてしまったのだろうかと心配になったものの、ノエル様はすぐにいつも通り微笑んでくれて、ほっとする。

そんな彼の側で、わたしは今日も蕩《とろ》けるような幸せを感じていた。


「ああ、今日もノエル様は朝から素敵ね。あっ今、髪を耳にかけたわ！　なんという色気なの……も、もう直視できない……」

「朝から絶好調ね」

最終学年になっても変わらず一番の友人であるクラリスもまた、同じクラスだ。

二年以上経った今もノエル様命のわたしに対して、彼女は完全に呆れているようだった。あんなにも応援してくれていた入学当初の彼女は、一体どこへ行ってしまったのだろう。

「わたし、そろそろ恋の病で死ぬと思うの」

「一度くらい死んでみたら？　多分、ノエル様もそう思っているわよ」

「えっ、ノエル様がわたしのことを考えて……!?」

「……本当、付き合いきれないわ」

深い溜め息を吐《つ》き自席へと戻って行ったクラリスを尻目に、わたしは再び斜め前の席に座るノエル様の背中を見つめる。

今日も彼のことが大好きだと、しみじみ思う。

そうして見惚《みと》れているうちに、今日はまだノエル様に挨拶をしていなかったことに気がついた。

（はっ、わたしとしたことが……ありえない失態だわ……！）

同じクラスになってからというもの、毎朝ノエル様に「おはようございます」という挨拶と、「今日も好きです」と告白をするのが日課になっているのだ。

その度に彼は「今日もご苦労さま」「君は悩みがなさそうですね」といった返事をしてくれる。

「おはようございます！　ノエルさ――」

「おい、シェリー！」

早速ノエル様に声をかけようとした瞬間、教室の後ろからわたしの名前を呼ぶ声が聞こえてきた。

「早くこっちに来てくれ！　時間がないんだ」

「……ウォルト」

溜め息を吐きながらドアの辺りへと視線を向ければ、そこには予想通りウォルトの姿があった。
一、二年生の時に同じクラスだった真っ赤な髪が目立つ彼は、裕福な子爵家の息子だ。無邪気な笑顔の口元から、八重歯をのぞかせている。その耳元では、髪色と同じピアスが光っていた。
ウォルトは誰にでも友好的で容姿も良いため、男女ともにかなり人気がある。

わたしはノエル様以外の男性に一切興味はなく、基本的にノエル様以外の男性とは関わらずにいようと思っているのに、ウォルトのせいでなかなか上手《うま》くいかない。

と言うのも、半年ほど前、わたしがクラスメイトの男子生徒に話しかけられ、会話をしているのを見たらしいノエル様に「仲が良さそうでしたね」と言われたことがあったのだ。

きっとノエル様からすればどうでも良いことだろうけれど、大好きなノエル様にそう思われるのは絶対に嫌だったため、以後気をつけている。

それなのに、いつもウォルトのペースに巻き込まれてしまう。

ウォルトの場合は無視をしたところで、いつまでも「シェリー！」と叫び続けるに違いない。

再び溜め息を吐き、彼のもとへと向かう。

「もう、今日は何よ」

「一時限目の教科書を忘れたんだ、貸してくれ！　俺たちの仲だろ？」

「ほぼ他人だけど、まあいいわ。その代わり、後でプリン買ってよね」

「おう、任せろ！」

仕方なく廊下に出て、ロッカーから教科書を出して手渡す。途中、廊下ですれ違った女子生徒達は嬉しそうにウォルトに挨拶をしていた。

（ああいう子達から借りればいいのに、どうして文句ばかり言うわたしなのかしら）

「サンキューな。助かったわ」

「今日中に返してね。わたしも明日の一時限目に使うから」

「おう。あ、そうだ！　お前、『武器商人冒険物語』の最新刊読んだか？」

「……それはもちろん、読んだけど」

さっさと教室へ戻ろうと思っていたのに好きな本の話を振られ、ついつい話し込んでしまう。

そしてノエル様にお声をかけられないまま、授業開始時間になってしまったのだった。


――その日の最後の授業中、周りの生徒達が必死にノートを取る中、体力の限界を迎えていたわたしはぐったりとしながら机に突っ伏していた。

（……ほ、本当に疲れた）

今日は一体なんだというのだろう。休み時間の度に知人に声をかけられたり先生に呼び出されたりで忙しく、まともに自分の席に座っていられたのは授業中だけだった。

授業中はずっとノエル様の背中を見つめていられたから、幸せではあったけれど。

結局、ノエル様とは一言も会話をしていないまま。思い返せば、三年生になり同じクラスになってからというもの、一日を通して彼と話をしなかったのは今日が初めてだった。

やがて授業が終わり、鞄《かばん》を持ったノエル様が立ち上がる。

（あっ、ノエル様が帰ってしまうわ！）

せめて「また明日」くらいは言いたいと立ち上がった瞬間、名前を呼ばれた。振り返れば今朝と同じ場所に、ウォルトが教科書を持って立っている。なんてタイミングの悪い男なのだろう。

けれど明日のためにも今受け取っておかなければと、急いでウォルトのもとへ向かう。

「教科書ありがとな。すぐに返そうと思ったけど、お前いつ来てもいねえんだもん」

「今日は忙しかったの。それじゃ！」

「なあ、今プリン買いに行こうぜ。食べたいんだろ？」

「悪いけど、今はそれどころじゃないの！　ってちょっと！」

確かにプリンも食べたいけれど、そんなことよりも今はノエル様にお声をかけたいのだ。けれど全く空気の読めないウォルトは、ぐいぐいとわたしの腕を引いて廊下を歩いていく。

きっともう、ノエル様は帰ってしまったに違いない。お忙しいノエル様はいつも、誰よりも早く教室を後にするのだ。

明日またお話しすることを楽しみに生きようと決めて、諦めた時だった。

「シェリー」

背中越しに名前を呼ばれ、ウォルトに掴まれていない方の手を後ろから掴まれる。

この澄んだテノールの、凛《りん》とした声をわたしが聞き間違えるはずなんてない。

慌てて足を止めると、ウォルトもわたしが呼ばれたことに気がついたらしく、歩みを止めた。

「ノ、ノエル様……？」

振り返った先にはやはりノエル様がいて、心臓が大きく跳ねた。その顔にいつもの笑みはなく、少しだけ不機嫌なようにも見える。

初めて触れたノエル様の手のひらは、想像していたよりもずっと大きくて温かい。

(ど、どうして、ノエル様がわたしの手を……)

ノエル様は戸惑うわたしを握る手に力を込めると、口を開いた。

「シェリー、先生が呼んでいましたよ」

「そ、そうなんですね！ ありがとうございます！ ってことだからウォルト、また今度ね」

「ああ、それは仕方ないな」

あっさりと手を離し「またな」なんて言って自身の教室へと歩いていくウォルトには目もくれず、わたしはすぐにノエル様に向き直る。

未だにノエル様はわたしの手を掴んだままで、触れられている部分は熱く、目眩《めまい》すら覚えた。

けれどすぐに我に返り、はっと顔を上げる。

「あの、ノエル様、本当にありがとうございます！」

「いえ」

「先生のところへ行ってきますね」

本当はもう少しノエル様といたいけれど、先生に呼ばれているのだから仕方ない。

そもそも今日は話をすることすら諦めていたというのに、こうして手まで握っていただいたのだ。

もう思い残すことはなかった。

「…………」

「……あの、ノエル様？」

　けれど、いつまで経ってもノエル様はわたしの手を掴んだまま動こうとはしない。

　こちらとしては大変ありがたいものの、具合でも悪いのだろうかと心配になり始めた時だった。

「行かなくていいですよ」

「えっ？」

「先生に呼ばれていたというのは嘘です。今日は一度もシェリーと話をしていなかったので、どうかしたのかと思って声をかけました」

「……え、ええと」

「変わりがないようで安心しました。それでは俺は帰りますね。また明日」

　それだけ言い、玄関へ向かって歩いて行くノエル様の背中を見つめながら、わたしは呆然《ぼうぜん》とその場に立ち尽くしていた。

（つまりノエル様は、わたしと話をするために教室から追いかけてきてくれたってこと？　先生に呼ばれているなんて嘘までついて）

　うるさいくらいノエル様を好きすぎるわたしが、今日は一度もお声をかけなかったのだ。優しすぎるノエル様は、体調が悪いのかと心配してくださったのかもしれない。

「……っ」

　あまりにも嬉しくて、どうにかなってしまいそうだった。

ノエル様のことが本当に好きで、大好きで仕方ない。

「大好きです！　ノエル様！」

小さくなっていく彼の背中に向かってそう叫んだわたしは、胸いっぱいの幸せを噛みしめていた。


その日以降、理由は分からないけれど、ノエル様に触れられることが多くなった。

「シェリー、髪が乱れていますよ」

「あ、あああ、ありがとうございます……！」

今朝だってそうだ。風が強く馬車から校舎まで歩く間に髪が乱れてしまい、そのまま教室へ入ったところ、すれ違ったノエル様が直してくれるという事件が起きた。

（ち、ちかい……）

そっと手で髪を梳《す》かれている間、わたしは呼吸をするのも忘れ、指先ひとつ動かせずにいた。

間近で見るノエル様は全てが美しく、睫毛《まつげ》だって恐ろしく長くて肌も陶器のようで、神様に愛されて生まれてきたとしか思えなかった。

「ねえ、なんだか最近のノエル様、シェリーとの距離が近いわよね」

「やっぱりクラリスもそう思う？」

「あんなの、誰が見てもそう思うわよ」

やはり最近のノエル様の距離感についてはわたしの勘違いではなかったようで、クラリスも疑問を抱いていたらしい。

一体どうしてだろうとしばらく頭を悩ませていたわたしは、気づいてしまう。

「はっ、分かったわ！　懐いてくる犬を撫《な》でるような感覚なんじゃないかしら？　わたしも近所の犬が駆け寄ってきてくれると嬉しくて、ついつい撫でてしまうもの」

「……そうかしら」

それしかないと思ったものの、クラリスは納得していない様子。

もちろんわたしとしては、どんな理由であろうとノエル様との距離が縮まるのは嬉しい。刺激が強すぎて意識を保つのがやっとな時もあるけれど、とにかく幸せだった。

そうして幸せいっぱいで浮かれていた、ある日の昼休み。

委員の仕事があるというクラリスと別れ、ひとり教室へと向かって廊下を歩いていたところ、見知らぬ女子生徒に声をかけられた。

「少しいいかしら？　話があるんだけど」

「別に、大丈夫ですけど……」

彼女だけでなくその周りの女子生徒達にも、見覚えはない。一体なんだろうと思いながら、大人しく後をついていった先は、人気《ひとけ》のない空き教室だった。

教室内に入った途端に囲まれ、思いきり突き飛ばされ、驚いて顔を上げる。

「ノエル様にしつこく付《つ》き纏《まと》うのも、いい加減にしなさいよ」

「……えっ？」

「身の程を弁《わきま》えたら？　迷惑に決まっているじゃない。ノエル様の優しさに付け入って、追いかけ回してはベタベタして、呆れるわ」

「ノエル様だって哀れんで声をかけてあげているだけなのに。勘違いも甚だしいわよね」

　突然のことに戸惑ってしまい、わたしは言葉ひとつ出てこない。

　その物腰や身に着けている装飾品から、彼女達が貴族令嬢であることは窺《うかが》えた。そしてきっと、男爵家のわたしよりもずっと上の身分であることも。

　何より、彼女達もノエル様のことをお慕いしているに違いない。そして平凡で身分も低いわたしが彼の周りにいるのが目障りで、関わるのをやめるよう忠告しているのだとようやく理解した。

（それでも、今までこんなことはなかったのに……）

『最近のノエル様、シェリーとの距離が近いわよね』

『あんなの、誰が見てもそう思うわよ』

　けれどすぐにクラリスの言葉を思い出し、はっとする。元々は一方的にわたしがノエル様を追いかけていただけだったけれど、最近は多少なりとも親しく見えていたのかもしれない。

　きっと彼女達は、それが不愉快だったのだろう。

「あなたが一緒にいることで、ノエル様の品位が下がっていることに気づいていないの？」

「……っ」

貴族と言えど、男爵家は最も身分が低く立場も弱い。その上、我が家は数代前の当主が功績を残し爵位を賜っただけで、由緒正しいわけでもとりわけ裕福なわけでもないのだ。

伯爵家の中でも歴史があり、力を持つ家柄であるアンダーソン伯爵家の次期当主のノエル様に対し、本来なら気軽にお声をかけることなど許されない立場だった。

「いい加減に現実を見なさいよ。本当に好きなら、大人しく身を引くべきじゃない？」

「……わたし、は」

言い返すことなんて、できるはずもない。

ノエル様は遠い存在だということも分かっていたはずなのに、彼の優しさに甘えきっていたわたしはきっと、舞い上がっていた。

だからこそ当たり前のことを言われただけで、ひどく胸が痛んでしまうのだろう。

（だめだわ。分かっていたことなのに、泣きそう）

涙が込み上げてくるのを感じていると、不意に教室のドアが開く音がした。周りにいた女子生徒達が息を呑《の》んだことで、俯《うつむ》いていたわたしも顔を上げる。

同時に、口からは戸惑いの声が漏れた。

「何をしているんですか」

そこにいたのは、ノエル様その人とクリフ様だったからだ。

ノエル様らしくない冷たく低い声が教室内に響き、女子生徒達の肩がびくりと跳ねる。

（どうしてノエル様がここに……？）

揺れる視界の中、傷ついた表情を浮かべるノエル様と視線が絡んだ。

「何をしているのかと聞いているんですが」

「私達は、その……」

「俺がいつ迷惑だなんて言いましたか？　勝手なことをするのはやめてください」

ノエル様はこちらへやって来ると、わたしを庇《かば》うように彼女達との間に立った。その背中を見つめながら、今までに感じたことのない感情が胸の奥から込み上げてくるのを感じていた。

「二度とシェリーに関わるな」

そして、口籠《くちご》もる彼女達に向かってノエル様ははっきりとそう言ってのけた。ノエル様らしくない容赦のない言葉に、わたしですらどきりとしてしまう。

もちろんそれは彼女達も同じだったらしく、ぐっと唇を噛むと、ぱたぱたと教室を出て行く。

（ノエル様が、わたしを守ってくれた……？）

やがてノエル様は溜め息を吐くと振り返り、呆然とするわたしに向き直った。

「シェリー、大丈夫ですか」

「は、はいっ！　あの、ありがとうございます。それと、巻き込んでしまってごめんなさい」

「いえ。君は悪くありませんから。俺のせいです」

長い睫毛を伏せたノエル様は、何かを悔やんでいるようにも見える。

どうしてノエル様が謝る必要があるのだろう。どう声をかけるべきなのか分からずにいると、いつの間にかすぐ側まで来ていたクリフ様が、わたしの肩を叩いた。

「シェリーちゃん、災難だったね。あんなことを言われて傷ついたでしょ？」

「ありがとうございます。ええと、少しだけ驚きましたが大丈夫です」

クリフ様の口ぶりやノエル様の様子を見る限り、二人は教室に入ってくる以前の様子も見ていたのかもしれない。

こんな面倒事など放っておくことだってできたはずなのに、助けてくれたことが嬉しかった。

「それにしても、ノエルが怒るとは思わなかったなあ。あんなの、いつものことなのに」

「…………」

クリフ様の言葉に対しノエル様は返事をすることなく、形の良い唇を引き結んでいる。

いつものことなのに、というのはどういう意味なのだろう。少しだけ気になったけれど、とても尋ねられる雰囲気ではない。

やがてノエル様は視線を上げると、まっすぐにわたしを見つめた。

「彼女達が言ったことは、一切気にしないでください。迷惑なんかじゃありませんから」

「えっ？」

「むしろ俺が、シェリーと関わりたいと思っているんです」

そう言って小さく微笑むと、ノエル様は空き教室を出ていく。

クリフ様は困ったように肩を竦めると、わたしの頭をぽんぽんと撫でた。

「あんな奴ら、生きてる価値もないよね。ノエルの言う通り、本当に気にしない方がいいよ」

「あ、ありがとうございます……？」

うんうん、と頷《うなず》いたクリフ様は「またね」と言い、ノエル様の後を追う。

その場にひとり残されたわたしは、自分の耳を疑った。

（さ、さっきのノエル様の言葉は、現実なの？　迷惑なんかじゃない、わたしと関わりたいって）

ノエル様の笑顔が、声が頭から離れない。

心臓がうるさいくらいに大きな音を立て、早鐘《はやがね》を打っていく。

（ああ、だめだわ。嬉しすぎてどうにかなってしまいそう。ノエル様が好きすぎる……！）

教室にひとり残されたわたしは火照る頬を両手で押さえ、ずるずるとその場に座り込んだ。


それからのノエル様は言葉通り、以前よりもずっとわたしに関わってくださるようになった。

「シェリー、一緒にペアを組みませんか」

「わっ、わたしで良ければ、ぜ、ぜひ！　お願いします！」

「君がいいんです」

都合の良すぎる幻聴かと自身の耳を疑うわたしを見て、ノエル様はふっと口元を緩ませる。

その笑顔の眩しさに、わたしの口からは声にならない悲鳴が漏れた。

「隣に座って食べても？」

「えっ、わっ……お、お願いします、じゃなくて、どうぞ！」

「ありがとうございます」

昼休みの食堂にて、他にもたくさん席が空いているというのに、わざわざわたしの隣に座って昼食をとってくださることもあった。

（ノエル様はわたしを殺す気なのかしら？　そろそろ心臓が破裂して死ぬに違いないわ）

——大好きな人と一緒に過ごせる幸せを感じながら、毎日ノエル様に好きだと伝え続け、気がつけば卒業まで半年を切っていた。

ある日の放課後、わたしは進路希望調査票と書かれた紙を片手に、誰もいない教室で一人溜め息を吐いていた。

「……はあ、どうしよう」

今日中に提出しなければならないというのに、白紙のまま放課後になってしまったのだ。

「悩み事ですか？」

「ひっ」

ひたすら頭を悩ませていたわたしは教室に誰かが入ってきたとは気づかず、突然すぐ側から声が聞こえてきたことで、小さく悲鳴を上げた。

　そして声の主の顔を見た瞬間、さらに口からは驚きの声が漏れる。

「はっ、ノ、ノエル様！　好きです！」

「君が溜め息を吐くなんて珍しいですね」

　流石《さすが》に聞き飽きたのか、反射的に口から漏れた「好き」という言葉に対する反応はない。

　わたしのすぐ側まで来たノエル様は長い睫毛を伏せ、手元の調査票へと視線を落とした。

「……その、将来のことを考えていたんです。やりたい仕事が見つからなくて」

「見つからないのなら、結婚をすればいいのでは？」

「結婚はあまり気が進まなくて」

　姉や兄のように、わたしもいつかは親が決めた相手と政略結婚をすると思って生きてきた。それでも有り難いことに、両親は末っ子のわたしは好きなようにしていいと言ってくれたのだ。

（毎日のようにノエル様の話をし続ける娘を、嫁に出すのが恐ろしいだけという可能性もあるけれど……）

　だからこそわたしはノエル様とのこの三年間の思い出を胸に抱え、仕事を見つけて家には迷惑をかけずに一人で生きていくつもりだった。我ながら、かなり気持ち悪いという自覚はある。

　この国では平民はもちろんのこと、貴族女性が働くことも珍しくはない。魔法使いが人口の三割程度ということもあり、魔法を生かして働くことは一種のステータスでもあった。

とは言え、明確にやりたい仕事というものがなかなか見つからず、こうして悩んでいる。

「なぜ、結婚に気が進まないんですか」

「ノエル様以外の方を、好きになれる気がしないんです」

当たり前のようにそう答えたところ、ノエル様は驚いたように両目を大きく見開く。

（あら？　毎日好きだと伝えているのに、どうしてそんなに驚くのかしら？）

不思議に思い首を傾《かし》げるわたしに、ノエル様は続ける。

「……本当に、そう思っているんですか」

「はい、もちろん！　一生ノエル様だけです」

「――――」

わたしの迷いのない返事に対し、ノエル様が息を呑んだのが分かった。

（はっ！　流石に一生好きだなんて、重すぎたのかもしれない……！）

ノエル様は将来、家柄の良い素敵な女性と結婚するに違いない。それなのに一生好きだなんて言われては、迷惑でしかないはず。そう思い、慌てて訂正しようとした時だった。

「分かりました」

「えっ？」

一体、何が分かったというのだろう。

言葉の意味が分からずにいるわたしに向かって、ノエル様はふわりと微笑んだ。

「その言葉、忘れないでくださいね」

ノエル様はわたしの長い桃色の髪を指で掬《すく》い取り、そっと口づける。

その仕草はあまりにも自然で、あまりにも美しくて、まるで神聖な儀式のように見えた。

（……わたしは、夢でも見ているのかしら）

あまりのことに頭が真っ白になり、その後どうやってノエル様と別れたのか、いつ屋敷へ帰ったのかすら覚えていなかった。


翌日、どんな顔をしてノエル様に会えばいいのだろうとドキドキしながら登校したわたしは、やけに騒がしい教室に入った途端、動揺した様子のクラリスに両肩を掴まれた。

「ちょっと、シェリー！　あなた、知っていたの？」

「いきなりどうしたの？　知っていたって何のこと？」

「ノエル様の王国騎士団への入隊が決まったって話よ！」

「えっ？」

頭から冷水をかけられたみたいに、先程までの浮かれた気持ちが一瞬で冷めていく。

（ノエル様が、騎士団に入隊？）

言葉を失うわたしに、クラリスは続ける。

「もう学園へは来ないって聞いて……その様子じゃ、知らなかったみたいね」

「……うそ」

昨日の放課後だって一緒にいたけれど、ノエル様はそんなこと一言も言っていなかったのに。

（どうして、こんな突然……）

卒業まではこの幸せな日々が続くと勝手に思い込んでいたせいか、動揺を隠せなくなる。

そんなわたしを見て、クラリスは悲しげな顔をした。

「ねえ、シェリー。ノエル様に手紙を送ってみたら？　きっと今なら、二人で会うことも――」

「……ううん、もういいの」

クラリスの言葉に被《かぶ》せてそう言うと、わたしは続ける。

「ノエル様と関わることができていた今までが、奇跡みたいなものだったのよ。十分すぎるほど素敵な思い出ができたわ。今後も社交の場でお会いできるはずだし」

そもそも、学園を辞めるという話すら聞かせてもらえなかったのだ。わたしには言う必要がないと判断したからだというのに、学園の外でも会いたいなんて口が裂けても言えるはずがない。

けれどクラリスは納得していないという表情で、わたしを見つめている。

「本当にそう思ってる？　ノエル様に振り向いてもらいたいんじゃないの？」

「まさか。いくらわたしでも、そんな馬鹿みたいな妄想はしないわよ」

じくじくと痛む胸には気づかないふりをして、なんとか笑顔を作る。

「……だって、ノエル様はあまりにも遠い人だもの」

自分に言い聞かせるように、そう呟く。

元々のあるべき関係に戻っただけで、何かを失ったわけではない。むしろこの先だって、どこかで偶然顔を合わせた時にお声をかけることができるのだ。

遠くから眺めていただけの頃に比べれば、夢みたいな進歩だった。

（……それなのに、なぜ心にぽっかりと穴が空いたような気持ちになるのかしら）

いくら考えても答えは出ず、胸の痛みが治まることはない。

――こうしてノエル様と過ごす学園生活は、唐突に終わりを迎えた。

第二章　押して駄目なら

魔法学園を卒業してから三年が経《た》ち、二十一歳になったわたしは国の研究機関に勤めていた。

水魔法使いであることを生かしつつ、研究の手伝いと事務仕事をしながら忙しい毎日を送っている。

元々魔法が好きなわたしにとってこの仕事はやりがいがあり、優しい上司や可愛《かわい》い部下に囲まれ、とても恵まれていることを日々実感していた。

「シェリー様って結婚願望とかないんですか？」

ある日の昼休み、昼食を終えてお茶をしていると、部下のシーラが突然そんなことを尋ねてきた。

その手元には結婚に関する特集がされた雑誌があり、しっかり影響を受けたらしい。

「ないわよ。仕事も楽しいし」

「そうなんですね。ちなみに私は今すぐにでも結婚したいです！」

「ふふ、シーラももうすぐ十九歳だものね」

「はい。親もそろそろ結婚しなさいってうるさいんですよ。できるならとっくにしてるのに」

頬《ほお》を膨らませたシーラは「出会いってどこに落ちてるのかしら」なんて言い、溜め息を吐《つ》く。

――この国の女性の結婚適齢期は、十八歳から二十歳《はたち》だ。学園を卒業するのと同時に、婚約や結婚をする同級生も多かった記憶がある。

現在二十一歳のわたしは、傍《はた》から見れば行き遅れ始めているのだろう。クラリスなんかは相当焦りを感じているようで、激務の中でも積極的に社交の場に足を運んでいるようだった。

「シェリー様は今夜、夜会に参加されるんですよね？　きっと素敵な男性もいるんだろうなぁ」

「それはどうかしら」

男爵令嬢でもあるわたしは、貴族の端くれとして社交の場に出ることも少なくない。

そしてそれは騎士となったノエル様に会える、貴重な機会でもあった。

「――あ」

今日も王家主催の大規模な夜会へ参加したところ、きらびやかなシャンデリアの下、広いホール内には華やかに着飾った大勢の男女がいる中でも、すぐにノエル様を見つけることができた。

一際輝くその姿を瞳に映すだけで、出会った六年前のあの日と変わらず胸が高鳴る。

彼に見惚《みと》れる令嬢達の間をすり抜け、まっすぐにノエル様のもとへ向かう。

「ノエル様、お久しぶりです！　お元気でしたか？」

そう声をかけると、ノエル様はすぐに振り返ってくれた。

学生時代よりも少し伸びた輝く銀髪が、さらりと揺れる。金の刺《し》繍《しゅう》の入った真っ白な騎士服を身に纏《まと》ったノエル様は、まるでおとぎ話に出てくる王子様のようだった。

　わたしに向き直るとノエル様は柔らかく目を細め、ふわりと微笑《ほほえ》んだ。

「はい、お蔭様で。シェリーは今日も元気そうですね」

「ノエル様に会えたお蔭です！　大好きです！」

「それは良かった」

　昔と変わらず、ノエル様はわたしに対し優しく接してくれている。

（ああ、今日もなんて素敵なのかしら！　日々の疲れが吹き飛んでいく気がする）

　ノエル様は学生時代よりも更に背が伸び、騎士らしい引き締まった身体《からだ》付きをしている。大人の男性としての魅力が増した彼の人気は、今や社交界でも凄《すさ》まじい。

　わたしなんかがこうして話をしているのだって、奇跡のようなものだった。

　噂によると騎士団でかなりの功績を収め、来月には最年少で師団長になるという。ノエル様が活躍しているのは嬉《うれ》しい半面、余計に遠い存在になってしまったような気がして、寂しくもあった。

「もうすぐ師団長になられると聞きました。おめでとうございます！　本当にすごいです」

　攻撃魔法に優れ、魔力量も多い実力者しか入団できない王国騎士団で、師団長というのは上から三つ目の階級だという。通常はどんなに早くとも入団から八年ほどはかかるらしく、入団から四年と経たずに昇進したノエル様は、異例中の異例なんだとか。

　かなりの危険が伴う任務を、圧倒的な実力で数多く完璧《かんぺき》にこなした結果だと聞いている。けれど次期伯爵である彼が、そこまで命懸けで仕事に打ち込むのは不思議だと話す人もいた。

ノエル様は誰よりも真面目《まじめ》な方だし、理由は分からなくもない。けれど、彼のことが好きなわたしとしては、あまり危険な仕事はしてほしくないというのが正直な気持ちだった。

「ありがとうございます。そのことで実は、君に話が――」

「ノエル様！」

そんな中、鈴を転がすような声が耳に届く。

声がした方へと視線を向ければ、レースを幾重にも重ねた真っ赤なドレスをふわりと揺らし、こちらへと向かってくる一人の令嬢の姿があった。

「……マリアン嬢」

「もう、マリーと呼んでくださいな」

頬をぷくりと膨らませた彼女は、最近ノエル様と親密だと噂されている侯爵令嬢だった。

光の束を集めたような美しい金髪に、長い睫毛《まつげ》に縁取られたエメラルドのような輝く瞳。家柄も見《み》目《め》も良く、彼と同じ火魔法使いであるマリアン様は、誰が見てもノエル様とお似合いだろう。

（平凡な男爵令嬢のわたしとは、何もかもが違う）

二人が話しているのを見ているだけで、苦しいくらいに胸が締めつけられる。

「ノエル様、それではまた」

耐えきれなくなったわたしは一礼すると、ノエル様の返事も聞かずにその場を後にした。

失礼な態度をとってしまった自覚はある。けれど、一秒でも早く二人の側から離れたかった。

すべて分かっていたことだというのに勝手に傷ついて、本当に馬鹿みたいだと泣きたくなる。

「シェリー？　そんなに急いでどこへ行くのよ」

「……クラリス」

俯《うつむ》き歩くわたしの肩を叩いたのは、数週間ぶりのクラリスだった。

深い藍色のドレスを身に纏い、しっかりと着飾った全身隙のない彼女はきっと、婚約者探しのためにこの夜会に参加していたのだろう。

「あらやだ、ひっどい顔ね。どうせノエル様がらみでしょう」

「だって……っ」

相変わらず容赦のないクラリスとは卒業後もこまめに連絡を取り合っており、お茶をしたり食事に行ったりと、今でも一番の親友だ。

優秀な彼女は魔法に関する行政事務を所管する魔法省に勤めているけれど、かなり多忙で職場や上司の愚痴を常々こぼしている。

クラリスは小さく息を吐くと、いつの間にか泣いてしまっていたわたしの手を取り、人気《ひとけ》のないバルコニーへと連れ出してくれた。

心地良い優しい夜風が、涙の伝う頬を撫《な》でていく。

「本当に健気《けなげ》ねえ、もう六年も経つじゃない。いい加減、他の男性へ目を向けてみたら？」

「無理よ、絶対に無理」

ノエル様のことを好きになってから、もう六年が経つ。

その間わたしにも学園や職場、社交の場といった多くの場所で、たくさんの出会いがあった。

それでもノエル様以外の男性に心が動くことなど、一度だってなかった。自分でもどうかしていると思うけれど、わたしは本当に一生ノエル様しか好きになれないのだろう。

「あなたはだいぶ変だけれど、優しくて素敵な子だもの。いい加減、幸せになってほしいという私の気持ちも分かって」

「クラリス……」

失礼な部分はあったものの、クラリスの言葉には胸が締めつけられる思いがした。優しい彼女が昔からずっと、わたしの幸せを願ってくれていたことだって分かっている。

「でも、ノエル様が好きなの」

こればかりはもう、どうしようもなかった。頭では分かっていても、気持ちがついてこない。

そんなわたしをクラリスは真剣な表情で見つめた。

「ねえ、シェリー。やっぱりあなた、ノエル様に振り向いてもらいたいんじゃないの？」

「……っ」

ノエル様との未来を一度も思い描いたことがないと言えば、嘘になる。だからこそ、クラリスの問いに対して否定はできなかった。

先ほどマリアン様に対して抱いたのは、間違いなく嫉妬《しっと》だ。マリアン様だけじゃない、ノエル様が女性と話をしているのを見る度に、どうしようもなく胸が痛むようになっていた。

(わたしはノエル様のことを、本当に好きになってしまったんだわ)

――今なら分かる。当初ノエル様に対して抱いていた「好き」は憧れに似た感情だったのだと。

けれど彼と関わるようになり、その気持ちは恋情に変わっていった。そして学生時代とは違い、彼と自分以外の女性との交流が増えたことで、変化にさらに拍車がかかってしまったのだ。

「でも、そんなの無理だって分かりきっているもの」

夢物語のような想像なんて、するだけ無駄だってことも分かっている。

六年以上経っても、偶然会った際に話をするだけの関係なのだ。学生時代と何も変わっていない。

それゆえに傷つきたくないわたしは、見ているだけで幸せだと自分に言い聞かせてきた。

「まだ分からないじゃない。それにやれるだけのことをやれば、諦めがつく可能性だってあるし」

今までノエル様に対し、数えきれないくらい好きだと伝えてきた。けれどそれは、心の底から溢《あふ》れてくる思いをただ口に出していただけに過ぎない。

ノエル様に好きになってもらうために何か行動を起こすなんて、考えてみたこともなかった。

「先日読んだ本に『押して駄目なら引いてみる』ってテクニックが効果的だと書いてあったの。シェリーは間違いなく押しすぎなんだし、たまには駆け引きくらいしてみたらどう？　ノエル様も気にかけてくださるかもしれないわよ」

「押して駄目なら、引いてみる……」

いつでも全力でノエル様にぶつかっていたわたしに、「引く」なんて発想は一切なかった。

わたしの辞書の中に「駆け引き」という言葉ももちろんない。目から鱗《うろこ》が落ちる思いだった。

（本当にそれで、何かが変わるのかしら……？）

——押して駄目なら、引いてみる。

何度も脳内でその言葉を繰り返しているうちに、胸の中にほんの少しの期待と、試してみたいという気持ちが広がっていくのを感じていた。

「シェリー、人生は一度きりなんだからね」

そしてクラリスの言葉に背中を押されたわたしは、気がつけば本のタイトルを尋ねていた。


翌日、わたしは早速クラリスに教えてもらった例の本を購入し、一気に読破した。

「す、すごいわ！　こんなにも簡単に両想いに……？」

意中の男性に好きだと散々アピールしていた女性が、突然素《そ》っ気《け》ない態度をとり始める。

すると相手の男性は「失って初めて、君の大切さに気がついた」と自身の恋心を自覚し、二人はあっという間に結ばれていたのだ。

このテクニックは、押しの部分が強ければ強いほど効果があるという。

（まさにわたしにぴったりじゃない！）

流石《さすが》にノエル様がこの通りになるなんて思えないけれど、誰よりも「押して」きたぶん、少しくらい変化があるかもしれないと期待してしまう。

けれど問題は「引く」こと――わたしがノエル様に冷たくしなければならないということだった。

わたしは長年の癖で、ノエル様の顔を見ただけでつい好きだと言ってしまうのだ。それを我慢するだけでなく、素っ気ない態度をとるなんて不可能にも程がある。

そして悩みに悩んだ末、わたしはツテを頼り、貴重な制約魔法を使える人物のもとを訪れた。

「制約魔法の効果は強力です。魔法をかけた本人ですら解くことはできません。そのため、長期間のものはお断りしています。注意事項をよくお読みになった上で、こちらの同意書にサインをお願いいたします」

「分かりました」

受付の女性から丁寧な説明を受けた後、ぎっしりと注意事項が書かれた紙に目を通していく。

（な、なんだか少し怖くなってきたわ）

とても効果が強いからこそ、リスクもあるのだろう。期間は最大で半年まで設定できるらしい。

（せっかく来たんだし、やるしかない）

同意書にサインをして高額な依頼料を支払った後、奥の部屋へ通される。

「し、失礼します……」

「ようこそ、私がジェイルズです。こちらへおかけください」

真っ白な壁に囲まれた小さな部屋の中心には、一人の老人の姿があった。真っ白なテーブルを挟んだ向かいの席に座るよう勧められ、緊張しながら腰を下ろす。

ジェイルズと名乗った男性は、とうに六十歳を越えているように見えた。

長く白い髭《ひげ》が印象的で、純白の長いローブに身を包み、穏やかな笑みを浮かべている。

その優しい雰囲気や声色《こわいろ》に、ほんの少しだけ緊張が和らいでいくのが分かった。

「ご依頼内容をあらためてお伺いしても？」

「はい、よろしくお願いします」

再び速くなっていく鼓動を感じながら小さく深呼吸をし、口を開く。

「とにかく、わたし――シェリー・グラフトンがノエル・アンダーソン様に対して、好きだと言えないようにしていただきたいのです。それと笑わない、素っ気ない態度をとることもお願いします」

「期間はどうされますか？」

「とりあえず、三ヶ月でお願いします」

「かしこまりました。それでは目を閉じてください。すぐに終わりますからね」

言われた通りにそっと目を閉じると、ジェイルズ様は聞いたことのない呪文《じゅもん》を唱え始める。

それと同時に、身体が温かいものに包まれるような感覚がした。瞼《まぶた》越しに眩《まばゆ》しい光を感じる。

「はい、終わりです。次の方どうぞ」

「……えっ？　もう終わりですか？」

「はい。間違いなく完璧にかかりましたよ」

わずか十秒ほどで終わり、戸惑っている間に助手らしき女性に部屋を追い出されてしまった。

一年先まで予約でいっぱいで、後がつかえているらしい。そんな中、無理を言って枠をとってくれたお父様には、感謝をしてもしきれない。

帰りに受付の前を通ったところ、貴族令嬢らしい若い女性が「ダイエットのために、お菓子を食べないようにしたい」と言っているのが聞こえてきた。皆、それぞれ悩みがあるのだろう。

「うーん、特に何も変わった感じはないけれど……」

帰りの馬車に揺られながら、ぼんやりと窓に映る自分を見つめる。とは言え、給料の半年分を払ったのだし、効果がないと困る。

ちなみにこの魔法をかけているということは、他人に話せないらしい。

口に出せないのはもちろんのこと、紙に書いて伝えることすらできない強力な魔法なのだという。

「とにかく、これからはしっかり引いてみることにしないと」

制約魔法が無事にかかっていることを祈りつつ、後は社交の場に出て、ノエル様に会うだけだ。

（……どうか少しでも、ノエル様に近づけますように）

わたしは胸を弾ませながら、窓の外に流れていく王都の街中の景色《けしき》へと視線を向けた。

制約魔法をかけてから、一ヶ月が経った。

ノエル様は騎士団の仕事で魔物討伐の遠征に行っていたようで、早速一ヶ月も無駄にしてしまった。

けれどようやく今日、ノエル様が参加するというパーティへ顔を出すことになっている。

まずは声をかけずに存在に気づいてもらい、興味がなくなったという態度をとるつもりだ。

たったそれだけなのに、ノエル様の視界に入ると思うとつい浮かれてしまって、今日もしっかり気合を入れて支度してしまった。

大きな花の飾りのついたお気に入りのドレスを着たわたしは、ひとり会場内へと向かう。

このドレスは以前、ノエル様がよく似合っていると褒めてくれたものだった。

（あっ、ノエル様だわ……！　今日も太陽よりも眩しくて素敵ね）

会場内に足を踏み入れてすぐ、頬を赤く染める女性達に囲まれたノエル様の姿を見つけた。

いつものわたしなら、ここで真っ先に彼のもとへ向かっていただろう。

（でも、今日のわたしは違うんだから！）

わざとノエル様の目の前を通り過ぎた上で、別の知人のもとへと向かう。一瞬目が合ったものの、そのまま視線を逸《そ》らして歩き続ける。

ノエル様と目が合って話しかけなかったのは、これが初めてだった。

「……す、すごいわ」

そして同時に、わたしは制約魔法の効果をはっきりと実感していた。ノエル様のお顔を見るだけでいつも必ず緩んでしまっていた口元は、しっかりと引き結ばれたままだったからだ。

最《も》早《はや》これだけで、普段のわたしからするとだいぶ「引く」ことができている気がする。

確か例の本には「引くときは徐々に」と書いてあったし、とりあえず今回はこれくらいで十分だろうと思いながら、知人と他愛《たわい》ない話をしていた時だった。

「よお、シェリー」

「あら久しぶりね、ウォルト」

シャンパンの入ったグラス片手に声をかけてきたのは数ヶ月ぶりのウォルトで、子爵令息である彼とも、こうして社交の場で顔を合わせることは珍しくない。

長男であるウォルトは学園の卒業後、家を継ぐための勉強をしているようだった。落ち着いた藍色のジャケットが、わたしよりも頭ひとつ分以上も背の高い彼の長身を引き立てている。

昔と変わらない無邪気な笑顔を見ていると、なんだか肩の力が抜けていく。

ウォルトはわたしと少し離れた場所にいるノエル様を見比べると、不思議そうに首を傾《かし》げた。

「あれ？　お前、今日はアンダーソン様の所に行かないのか？」

「ええ。そうよ」

「はあ？　どうした、熱でもあんのか？」

わたしの額に手をあてたウォルトを、「うるさいわね」と言って振り払う。

ノエル様にだって顔には一度も触れられたことがないというのに、本気でやめてほしい。

（まあ、触れてもらえる予定もないけれど）

「わたしにもそういう時はあるの」

「お前、本当にシェリーか？　……まあ、お前もいい歳《とし》だしいよいよ現実を見たってとこか」

「余計なお世話よ、放っておいて」

八重歯を覗かせて悪戯《いたずら》っぽく笑うと、ウォルトは「そうだ」と自身の手のひらに拳をあてた。

「もしも売れ残ったら、俺がお前を貰ってやろうか」

「はあ？　何を言っているのよ、つまらない冗談ね」

「ははっ、お前は本当に昔からつれねえな」

冷たくあしらっているにもかかわらず、楽しそうな様子でからかってくる。

学生時代からウォルトはいつも構ってくるけれど、わたしはそれが不思議で仕方なかった。整った顔立ちをしており、明るくて愛嬌のある彼は昔から男女ともに人気があるというのに。

社交界でも人気があるらしく、よく女性達から声をかけられているのを見かける。男性の結婚適齢期は二十歳過ぎのせいか、ウォルトも婚約すらしていないものの、焦っている様子はなかった。

「ウォルトなら、いくらでも相手がいるでしょう」

「なんか気が乗らねえんだよな。話も合わねえし、お前といる方が楽だもん」

「それだけは分かるわ」

わたしもウォルトといると、全く気を遣わずにいられて楽だった。趣味だって合う。

もちろん恋愛感情を抱いたことは一度もないけれど、それはウォルトだって同じだろう。

「なあ、『武器商人冒険物語』の舞台やるって聞いたか？」

「そうなの？　初耳だわ、いつ？　どこで？」

「落ち着けって。お前も本当に好きだよな、俺もだけどさ」

学生時代から大好きだった小説が舞台化すると知り、ついつい前のめりになってしまう。

そんなわたしに、ウォルトは嬉しそうに色々と教えてくれた。

「どうせなら二ヶ月後、一緒に観《み》に行こうぜ」

「ええ、いいわよ」

「やった！　楽しみだな」

クラリスや女性の友人達にも勧めたことはあったけれど、誰一人として夢中になってはくれなかったのだ。一人で行くよりウォルトと行って感想を語り合った方が楽しそうだと思い、頷《うなず》く。

ウォルトがあまりにもはしゃぐものだから、思わず笑ってしまった。

「やだ、もうこんな時間じゃない。そろそろ帰るわ」

「おう！　またな。連絡する」

時計へと視線を向けたわたしは思ったよりも時間が経っていたことに驚きつつ、会場を出た。ノエル様へのアピールのために参加しただけで、元々このパーティ自体に用はないのだ。

駆け引きの大きな第一歩を踏み出したことで満足感でいっぱいになりながら、廊下を歩いていく。

「シェリー！」

すると突然、静かな廊下にわたしの名前を呼ぶ声が響いた。

「……えっ？」

振り返った先にはこちらへ向かってくるノエル様の姿があって、息を呑《の》む。

急いでわたしを追いかけてきたらしく、柔らかそうな銀髪は少しだけ乱れていた。

（今までこんなことはなかったのに、一体どうして？　まさかもう引いてみる作戦の効果が……？）

戸惑うわたしの目の前で足を止めると、ノエル様は困ったように微笑んだ。

「お久しぶりです。どうして今日は声をかけてくれなかったんですか？」

「――そうしなければならない決まりなどないでしょう？　あなたと話したいと思わなかったんです」

その瞬間、驚くほど冷たい声や言葉が勝手に口から溢れてきて、わたしは慌ててノエル様から顔を逸らすと、自分の口元を手で押さえた。一瞬にして、浮かれていた気分が引いていく。

すぐ側の窓ガラスに映っているわたしの顔は、怖いくらいに真顔だった。

（ち、ちょっと待って！　何よ今の！　わたし、ノエル様に対してなんてことを……！）

あまりの冷ややかな態度に、目の前にいたノエル様もひどく驚いた表情を浮かべている。普段「大好きです！」と全力で好意を伝えていたわたしが突然こんな態度をとれば、驚くのも当然だろう。

（こ、ここまで効果が強いなんて……）

想像以上に強力な制約魔法に、冷や汗が止まらなかった。これでは引くというより、もはや喧嘩《けんか》を売っているようなものだ。このままでは好かれるどころか、嫌われてしまうに違いない。

「俺は何か、君の気に障ることをしてしまいましたか？」

「いえ、何も」

「……それなら、どうして」

「理由なんてありませんよ」

まるで別人のような態度のわたしに、ノエル様はかなり戸惑っている様子だった。

だんだんとその表情は悲しげな、傷ついたようなものへと変わっていく。

そんなノエル様の様子に、胸が張り裂けそうになる。

（どうして……こんなつもりじゃなかったのに……）

これ以上、心ない言葉を吐くわけにはいかない。

そう思ったわたしは一刻も早く、彼の目の前から去ることにした。

「馬車を待たせていますので、失礼します」

それだけ言うと、わたしはドレスを翻してノエル様に背を向け、急いでその場を後にした。

翌日、自室のベッドに倒れ込み、枕に顔を埋《うず》めているわたしは、昨晩のことを思い出しては頭を抱えていた。一分間に一度のペースで、口からは深い溜め息が漏れる。

せっかくの休みだというのに何もする気が起きず、朝から夕方の今までずっと部屋に閉じ籠り、ごろごろとしているだけだった。

大好きなノエル様に嫌われてしまったかもしれないと思うと、泣きたくなる。

（わたしなんかがノエル様にあんなお顔をさせるなんて、万死に値するわ……消えてなくなりたい）

そうして本日何百回目か分からない溜め息を吐くのと同時に、ノック音が室内に響いた。

どうぞと声をかけると、すぐにメイドのダリアが入ってきた。昔から我が家に勤めている彼女はわたしの五つ上で、姉のような存在だ。

数時間前と変わらずベッドの上で寝転がっているわたしを見て、ダリアは大きな猫目をぱちくりと瞬いた。普段のわたしは、こうしてだらけていることがあまりないからだろう。

「お嬢様、そろそろ舞踏会の支度をさせていただきたいのですが」

「ああ、そうだったわ。お願い」

数日前にトラブルが起き、急遽《きゅうきょ》領地に戻ることになった父の代わりに、オルグレン伯爵家主催の夜会に出席することになっていたのを思い出す。

顔を出すだけで良いと言われているため、なるべく早く帰ってこようと決めて、身体を起こした。

ふらふらと立ち上がったわたしを見て、ダリアは心配げに眉根を寄せる。

「お嬢様、どこか具合でも悪いのですか？」

「……ノエル様に、嫌われてしまったかもしれないの」

制約魔法については話せないため、ノエル様に心ない態度をとってしまったことを簡単に話せば、ダリアは「大丈夫ですよ」と明るい笑顔を向けてくれた。

「日頃のお嬢様を知っていれば何かあったのかもしれないと思うだけで、お嫌いにはならないはずです」

「ありがとう。そうだといいんだけど……」

虫の居所が悪かったくらいに思ってもらえていたらいいと祈りながら、鏡台の前に腰を下ろす。

鏡に映るわたしはこの世の終わりみたいな顔をしていて、思わず苦笑いがこぼれた。

「今夜のドレスはどうなさいますか？」

「なんでもいいわ。適当にお願い」

そう言ったもののダリアは元気が出るようにと、明るいレモンカラーのドレスを選んでくれた。

長い髪はゆるく編み込んで結い上げられ、花の飾りで留められている。いつも以上にしっかりと化粧を施されたことで、顔色もすっかり明るくなり、先ほどとはまるで別人のようだった。

「お嬢様、とても素敵ですよ」

「ありがとう、ダリア」

こうして着飾ると、少しだけ気分も明るくなった気がする。

あらためてお礼を言うと、わたしは軽く両頬を叩いて気合を入れ、屋敷を出た。


(まあ、すごい人……思っていたよりもずっと大規模な夜会だわ)

オルグレン伯爵邸へ到着後、大勢の招待客の間をすり抜け、なんとか伯爵に挨拶《あいさつ》を済ませる。

その後、隅で大人しくしていようと壁際へ移動している途中、やけに騒がしい一角を見つけた。

何気なく足を止めたわたしは、その中心にいた人物の顔を見た瞬間、はっと息を呑んだ。

(ど、どうしてノエル様がここに……?)

なんと華やかな女性達に囲まれていたのは、昨日会ったばかりのノエル様だったからだ。

騎士としての職務で忙しい彼は社交の場に出る機会も多くなく、数ヶ月に一度姿を見られれば良い方だったというのに。まさかこんな時に限って、二日連続で会うなんて思いもしなかった。

「……っ」

昨日のような態度をとってしまうのが怖くて、すぐに背を向けて離れた場所へと移動する。ちらりとノエル様の方を振り向けば、彼の周りには女性が増えていくばかりで、胸が痛んだ。

「あの、グラフトン様」

抜け出すタイミングを窺《うかが》いながらひとり壁際に立っていると、見知らぬ男性に声をかけられた。

柔らかそうな栗色の髪や同じ色の瞳、少し幼げな顔立ちに覚えはない。同年代に見えるため、学生時代の同級生だろうかと首を傾げる。

「初めてお声をかけました。もし良ければ、僕と少しお話ししませんか？」

「えっ？　あっ、はい。喜んで」

「良かった。嬉しいです」

断る理由も見つからず咄嗟《とっさ》にそう答えると、彼は嬉しそうに微笑んだ。

クレイグと名乗った男性は、わたしのひとつ年上の子爵令息らしい。給仕にふたつシャンパンを頼んだ彼は、ひとつをわたしに手渡してくれた。軽くグラスを合わせ、乾杯をする。

「どうしてわたしと？」

「いつも笑顔のあなたを可愛らしいなと思っていたんです。でも、アンダーソン様に想いを寄せていることは分かっていたので、諦めていて……」

「そ、そうなんですか」

「はい。今日は声をかけていなかったのを見て、もしかしたらチャンスなのかなと」

ノエル様への気持ちがだだ漏れなこんなわたしを、可愛いと思ってくれている男性がいたなんて、と驚いてしまう。なんだか落ち着かなくなり、わたしはシャンパンを喉に流し込んだ。

（こうして男性と話をするのも、すごく久しぶりな気がする。……ウォルトを除いては）

「初めてあなたを見たのは、半年前の――……」

楽しげに色々なことを話しながら、目が合う度に照れたように微笑むクレイグ様を見て、ノエル様の前でのわたしはこんな感じなのだろうか、なんて思ったりもした。

（とても感じのいい、素敵な人だとは思うけれど……）

それでもやはり、心が動くことはない。

結局わたしはノエル様以外を好きになれないのだと、あらためて思い知った時だった。

「シェリー、君も来ていたんですね」

そんな声に跳ねるように顔を上げれば、ノエル様がこちらへとやってくるのが見えた。その顔を見ただけで、今しがたまで落ち着いていた心臓が大きく跳ね、早鐘《はやがね》を打っていく。

ノエル様はいつも通りの笑顔を浮かべていて、怒っている様子はない。

（昨日あんな態度をとってしまったのに、こうして話しかけてくださるなんて……！）

内心安堵《あんど》しつつ、ノエル様の優しさに泣きたくなってしまう。

今すぐに謝りたいけれど、魔法のせいで喉が詰まったように言葉が出てこない。

「少し時間をもらえませんか」

「申し訳ありませんが、今は彼と話していますので」

（……っ！　本当は嬉しくて仕方ないのに、また口が勝手に！）

ノエル様の方から話をしようと誘ってくださるなんて、夢のようだった。

けれどやはり、わたしの口はそんな心ない言葉を紡いでしまう。二度もこんな態度をとってしまったのだから、間違いなく嫌われただろう。

恐る恐る目の前のノエル様を見上げれば、その整いすぎた顔からは表情が抜け落ちていた。

こんな彼を見るのは初めてで、怒っているのだと瞬時に悟る。

「――俺を、裏切るんですね」

それだけ言うとノエル様はわたしに背を向け、去っていく。

(裏切る……？　どうしよう、ノエル様を怒らせてしまったわ)

今すぐに謝って引き留めたいのに、床に縫い付けられたように足が動かない。

唇を動かしても、はくはくと空気が漏れるばかりで、声ひとつ発することができなかった。

「大丈夫ですか？」

「……っごめん、なさい」

やがてノエル様の姿が見えなくなったことで、ようやくわたしの口からは謝罪の言葉が漏れた。

いつの間にかわたしの瞳からは大粒の涙が零《こぼ》れ落ちていて、クレイグ様は心配げな表情を浮かべ、そっとハンカチを差し出してくれる。

「事情は分かりませんが、あなたは笑っている方が素敵ですよ」

そしてクレイグ様は「仲直りできると良いですね」とまで言ってくれた。

その後は何度断っても馬車まで送ってくれて、申し訳なさで押し潰されそうになる。

(わたしにはもったいない、本当に素敵な方だわ)

帰路につく馬車に揺られながら、わたしは愚かな自分に心底嫌気が差していた。

何もかもが上手《うま》くいかず、誰かを傷つけてばかりいる。

(——ただ、ノエル様に好きになってもらいたいだけだったのに)

冷たいノエル様の瞳が頭から離れず、いつまでも涙が止まることはなかった。


それからというもの、六月の今は社交シーズン真っ只中だというのに、わたしは理由をつけて社交の場に一切顔を出しておらず、仕事以外の外出もすべて控えている。

ノエル様に会うのが、怖かった。

彼を傷つけてしまうのが、彼に嫌われてしまうのが、何よりも怖かった。

『どうにかして、魔法を解く方法はないんですか?』

『申し訳ありませんが、同意の上でかけた制約魔法を解くことはできません。設定した期間が過ぎるのを待っていただくのみです』

耐えきれず、あの後すぐに制約魔法を解いてもらおうとジェイルズ様のもとを訪ねたけれど、不可能だとはっきり言われてしまった。

それでもただ待つことなんてできず、無駄だと分かっていても、必死に解く方法を探し回ってみたりもした。もちろん、見つかるはずなんてなかったけれど。

(身分不相応な望みを抱いて、魔法に頼ったわたしが悪いんだわ)

数日前には同僚から、ノエル様が無事に師団長の就任式を終えたという話を聞いた。

わたしがこんな馬鹿なことをしている間にも、彼はどんどん遠くへ行ってしまう。

制約魔法が解けるまで、あと一ヶ月と少し。このまま時が過ぎるのを大人しく待ち、ノエル様にはきちんと理由を説明して謝るしかない。

そしてこれからは友人の一人として、彼の幸せを祈って過ごそうと思っていた、のに。


「……あら、お客様かしら」

仕事を終えてまっすぐ帰宅すると、屋敷の前に豪華な馬車が停《と》まっているのが見えた。

挨拶くらいした方が良いだろうかとぼんやり考えていると、屋敷に入った途端、メイド達によって自室へと連れて行かれる。

「な、なに？　急にどうしたの？」

「どうしたもこうしたもありませんよ！」

大急ぎで地味な仕事着のワンピースから華やかなドレスへと着替えさせられ、丁寧に化粧を直され、あっという間に身支度を整えられる。どうやら今来ている客人に会うための準備らしい。

「ねえ、そんなに大切なお客様なの？」

「お嬢様ったら、とぼけないでください」

「ええ、本当に驚きましたわ。いつの間にそんな関係になっていたんですか？」

「………？」

やけに嬉しそうなメイド達の様子を不思議に思いながら、応接室へと連れて行かれる。

「失礼いたしま――」

お父様の友人で顔見知りの方だろうと思い込んでいたわたしは、お父様と向かい合うようにして座るノエル様の姿を見た瞬間、自分の目を疑った。

（ど、どうしてノエル様がここにいるの……？）

何度目を擦《こす》っても、目の前の光景は変わらない。

本当にノエル様が我が家にいる。

「遅かったな、シェリー。待っていたよ。早く座りなさい」

とても機嫌の良いお父様によって促され、震える足でその隣へと腰掛ける。今日も誰よりも美しい笑みを浮かべるノエル様と向かい合ったわたしは、ひどく混乱していた。

（も、もしかして、わたしに会いに来てくださったとか？　でも、あんな態度を取った後だし……）

ノエル様が我が家に足を運んでくださる理由など、いくら考えても思いつかない。

先日の失礼な態度についてお叱りを受けるのかもしれないなんて考えていると、お父様の口から信じられない言葉が飛び出した。

「アンダーソン様が、お前との婚約を申し込みに来てくださったんだ」

「………はい？」

あまりにも現実離れした話に、わたしは言葉通り開いた口が塞がらなくなる。

何をどう勘違いしたら、そんな話になるのだろう。お父様は最近忙しいようだったし、疲れているのかもしれない。変な話をしてしまって申し訳ないと思いながら、ノエル様へと視線を向ける。

すると彼は先程と変わらない穏やかな表情のまま、静かに微笑んでいた。

今のお父様の発言は、間違いなく聞こえていたはず。それに対し否定をしないということは、今のとんでもない話は本当なのだろうか。

心臓の鼓動が痛いほどに大きく、速くなっていく。

（まさか、あの大失敗だと思っていた「押して駄目なら引いてみる作戦」が、功を奏した……？）

このタイミングで突然ノエル様から婚約を申し込まれる理由など、他に思いつかない。たった二回しか実行していないというのに、恐ろしいほどの効き目にわたしは恐怖すら感じ始めていた。

「どうした、シェリー？　嬉しすぎて言葉も出ないのか？」

青ざめて黙り込むわたしを見て、お父様は首を傾げている。

あんなにもノエル様が大好きだと何年も言い続けていた娘が、その相手から奇跡のような婚約を申し込まれたというのに、喜ぶ素振りひとつ見せないからだろう。

ノエル様は困ったように微笑むと、口を開いた。

「申し訳ありませんが、二人きりにしていただいても？」

「ええ、もちろんです。シェリー、お前の部屋へご案内しなさい」

「……分かりました」

ノエル様からの申し出を断ることもできず、二人で自室へ移動することになってしまった。ノエル様と二人きりでお話できるなんて、今までのわたしならば天にも昇る思いだっただろう。

けれど今は、再び心無い言葉を吐いてしまうのではないかという不安に押し潰されそうだった。


お互いに無言のまま、廊下を歩いて行く。緊張からか自然と早足になった。

ノエル様はわたしのすぐ後ろをついてきてくれ、あっという間に自室に到着してしまう。

「どうぞ」

「ありがとうございます」

テーブルを挟みノエル様と向かい合って座ったわたしは、メイドにお茶の用意をお願いした。

（ノエル様がわたしの部屋にいるなんて、変な感じがする）

二人分のお茶とお菓子を用意するとすぐにメイドは部屋を出て行き、ドアが閉まる音を合図に、静かな部屋に二人きりになる。

（口を開くことすら、怖くて仕方がない……）

きつく両手を握りしめて口を閉ざしていると、先に口を開いたのは彼の方だった。

「久しぶりですね、シェリー。元気でしたか」

「……ええ、それなりに」

二度も失礼な態度をとってしまったというのに、ノエル様は今日も優しい笑顔を向けてくれる。

こうしてノエル様の瞳に自分が映り、言葉を交わせるだけで嬉しくて、幸せで仕方ない。

「急に訪ねて来てしまい、すみません。少しでも早く君に会いたかったんです」

「そうですか」

「先ほどの婚約の話ですが、受けてくれますか」

「嫌だと言ったらどうするんです？」

慌てて口元に手を当てた時には、もう遅かった。

早く会いたかったという言葉に浮かれる間もなく、一瞬にしてノエル様の纏う空気が変わる。

「――俺の事が、好きじゃなくなったんですか」

そして、今にも消え入りそうな声でノエル様はそう呟《つぶや》いた。

わたしを見つめるアメジストに似た美しい瞳には、暗い影が差していく。

「そうかもしれませんね」

今すぐにでも好きだと伝えたいのに、口からはさらに気持ちと正反対の言葉がこぼれてしまう。

制約魔法なんてものをかけてしまった二ヶ月前の自らの愚かな行動を、悔やみ恨んだ。

「本当に、酷《ひど》い人ですね」

ノエル様は傷ついたような表情を浮かべ、悲しげに長い睫毛を伏せた。

（……何もかも、終わりだわ。もう友人とすら思ってもらえないかもしれない）

こんな態度を取り続けていれば、いくら優しい彼だって愛想《あいそ》を尽かすのも当然だった。

たとえ何かの間違いだったとしても、二度と関わってもらえなくなったとしても、ノエル様に婚約を申し込んでいただいたことは、わたしにとって一生の思い出になるだろう。

そう、思っていた時だった。

「俺はこんなにも、シェリーのことを愛しているのに」

「……えっ？」

突然の思いがけない告白に、この場には不釣り合いな間の抜けた声が漏れてしまう。

（――ノエル様が、わたしを愛している？）

もちろん信じられるはずもなく、呆然《ぼうぜん》と目の前の彼を見つめ返すことしかできない。

けれど、ノエル様がそんな嘘を吐く人ではないということも分かっていた。わたしだけをまっすぐに見つめる彼の表情は真剣なもので、心臓が早鐘を打っていく。

思わず視線を逸らして俯くと、涙が出そうなくらい嬉しいはずなのに、ソーサーに添えられたティースプーンに映る間延びしたわたしの顔は、驚くほど真顔のままだった。

静かに椅子《いす》から立ち上がり、ノエル様はこちらへと向かってくる。目の前へと来ると目線を合わせるように片膝をつき、わたしを見上げた。

そして長い指でわたしの頬に、そっと触れる。

その手つきがあまりにも優しくて、泣きたくなった。

「一生俺だけだという言葉を、ずっと信じていたんですよ」

「……ノエル、様？」

「俺は、シェリーの為にここまで来たのに」

わたしの為とは、どういう意味だろう。

何もかもが分からない中で、先程の「愛している」という言葉が頭の中でこだまし続けている。

「今更捨てるなんて、絶対に許さない」

今にも泣き出しそうな表情を浮かべたノエル様の顔が近づいてきたかと思うと、柔らかな熱によって唇を塞がれていた。

数秒の後、至近距離で彼の瞳に映る自分と目が合う。

（――わたし、今、ノエル様にキスをされた……？）

呼吸をすることさえ忘れ、何が起きたのか理解するのにかなりの時間を要した。

「シェリー」

甘さを含んだ声で名前を呼ばれ、再び唇が重なる。

触れるだけの、ひどく優しいものだった。

「……っ」

気がつけば、わたしの瞳からはぽろぽろと涙が零れ落ちていた。

(まさか初めてのキスの相手が、ずっとずっと恋焦がれていたノエル様だなんて……)

こんなにも嬉しくて幸せな、満ち足りた気持ちになったのは生まれて初めてだった。

「……すみません」

何故か謝罪の言葉を口にしたノエル様は、傷ついたような表情を浮かべている。

そしてすぐに、気づいてしまう。今のわたしは唇を固く引き結び、無表情のまま泣いているのだ。

喜びの涙だなんて、伝わるはずもない。ノエル様からすれば、キスされたことに対する嫌悪から泣いているように見えているのだろう。

(嬉しいって、ノエル様のことが大好きだって伝えたいのに……どうして……)

違うのだと否定することすら、今のわたしにはできなかった。

「今日はもう帰りますね。シェリーがどんなに嫌がったとしても、婚約はこのまま進めます」

けれどノエル様は、こんなわたしとの婚約を進めてくれるつもりのようだった。今後もこうして傷つけてしまうのではないかという不安よりも、嬉しさが勝ってしまった自分が嫌になる。

嫌われてしまったと思い込んでいたノエル様から婚約を申し込まれ、愛していると告げられ、二度もキスをされたのだ。

わたしはもう、一生分の幸せを使い果たしたような気さえしていた。

「君はこのままここにいてください。泣いているところを誰かに見られては困りますから」

「……わかりました」

「愛しいシェリー、また会いに来ます」

わたしの頬をするりと撫で、ノエル様は名残《なごり》惜しそうに部屋を出ていく。

一人部屋に残されたわたしは一気に全身の力が抜けていき、ずるずるとソファに倒れ込んだ。

何もかもが夢のようで、まるで酔っているかのように身体がふわふわとした。

ソファに置いてあった子供の頃からの宝物であるクマのぬいぐるみに手を伸ばし、抱き寄せる。

「……ノエル様がね、わたしのことを好きなんだって」

少し毛羽だった体をきつく抱きしめながら、いつものように話しかける。こうしてあらためて言葉にしてみると再び喜びが込み上げてきて、わたしは足をばたつかせた。

「それにね、キ、キスもされちゃったの」

ノエル様の温《ぬく》もりが、柔らかな感触がまだ唇に残っている。つい口元が緩んでしまい、幸福感で全身が満たされていく。

けれどふと、傷ついたノエル様の表情を思い出し、胸が痛んだ。

「でも、酷いことを言って悲しませてしまったわ。嫌われていないかしら」

この状態では、まだまだ言い訳をすることも謝ることもできそうになく、泣きたくなる。

それなのにノエル様はこんな最低なわたしに、なおも愛を囁《ささや》いてくれた。本来ならノエル様の婚約者という立場も、わたしには不相応だと分かっている。

（それでも、どうしようもないくらいノエル様が好き。大好き）

「……夢なら覚めなければいいのに」

これ以上ノエル様を好きになってしまっては、わたしの身がもたない気がした。

あっという間に話は進み、すぐにわたしとノエル様の婚約は正式なものとなった。

「アンダーソン様、娘をどうかよろしくお願いいたします」

「はい。必ず大切にします」

ノエル様はあらためて我が家を訪れてくれ、両親に挨拶をしてくれた。わたしはその光景を黙って見つめることしかできなかったけれど、心の中ではしっかり浮かれきっていた。

アンダーソン伯爵夫妻へのご挨拶についての話になったものの、ノエル様は必要ないと言う。思い返せば社交の場でもお見かけしたことは一度もないし、お忙しいのかもしれない。

とは言え、いずれ挨拶する機会はあるだろう。

「シェリーも本当に喜んでいたんですよ。胸がいっぱいになって、少食になってしまったくらい」

「……そうですか。それは良かった」

両親はどうやら、わたしがノエル様の前では照れて寡黙《かもく》になっていると思っているようだった。

一方のノエル様は喜んでいたという話を信じられないのか、困ったように微笑んでいた。

その後は食事に行こうとノエル様に誘われ、二人で王都の街中へ向かう。ノエル様が昔から通っているお店らしく、早速従業員達に婚約者だと紹介され顔が熱くなった。

「どうぞ」

「ありがとうございます」

柔らかな間接照明の明かりに照らされた個室で、向かい合って座る。ノエル様は今日もこの世のものとは思えないくらいに美しく、目《め》眩《まい》すらした。

婚約者として少しでも釣り合うようにと、メイド達に気合を入れて身支度をしてもらったけれど、どう足《あ》掻《が》いても天と地の差がある。

それでもノエル様は「とても可愛い」「よく似合っています」と何度も褒めてくれて、早起きをして準備をして良かったと心から思った。

「こうして二人で食事をするのは初めてですね」

「ええ」

「勝手に婚約を進めたこと、怒っていますか」

「いえ、別に」

相変わらず制約魔法の効果は抜群で、やはり冷たい態度をとってしまう。

制約魔法が解けるまで、あと一ヶ月近くもあるのだ。その間ずっとこんな態度でいれば、流石に愛想を尽かされ、婚約を破棄されてもおかしくはない。

効果期間を三ヶ月に設定したのは、ここ数年間ノエル様に会えるのは学生時代の友人の誕生日パーティや王家主催の大きな催し物のみで、数ヶ月に一回のペースだったからだ。

だからこそ、わたしの計算では「引く」ために素っ気ない態度をとるのは二回程度の予定で、まさかこんな頻度で会えることになるなんて、想像すらしていなかった。

「シェリーは肉と魚、どちらが好きですか」

「お肉です」

「良かった。俺もなんです」

「そうですか」

「…………」

「…………」

ノエル様が気を遣って話題を振ってくれても、わたしのせいですぐに沈黙が続いてしまう。

――本当はこうして二人で食事に来ることができて、とても嬉しかった。ノエル様を好きになってからの六年間、彼に会えるのは学園か社交の場だけだったのだから。

（ノエル様ともっとお話をしたいけれど、傷つけるようなことを言ってしまうのが怖い……）

黙々と料理を口へと運びながら、たまにノエル様を盗み見ては幸福を噛みしめる。沈黙のまま食事は進み、メインの肉料理が運ばれてきた。香ばしく柔らかく、出てくるもの全てが美味《おい》しい。

「……俺は、シェリーに甘えていたんですね」

「えっ？」

「ずっと、君から向けられる好意に甘えていたんです。会話だって、いつも君が一生懸命に話を振ってくれていたから続いていたのだと、今頃になって気がつきました」

そんな言葉に、食事をする手を止めて顔を上げる。

まっすぐにわたしを見つめるノエル様は、悔やむような表情を浮かべていた。

「今まで好きだと伝えることすらできなかったのに、シェリーはずっと俺だけを見ていてくれた」

「…………」

「いつも笑顔で好きだと言ってくれる君が可愛くて、愛しくて。本当に嬉しかったんですよ」

（そんな風に思ってくれていたなんて……過去の自分が報われたような気持ちになる）

好きだと伝えることすらできなかった、という言葉の意味は分からない。それでも、わたしを見つめるノエル様の瞳ははっきりと熱を帯びていて、本当に愛されているのが伝わってくる。

「けれど今はもう、シェリーが俺を好きでも嫌いでも関係ありません。俺と結婚して、一生側にいてもらうだけです」

プロポーズにも似た言葉に、思わず息を呑む。

（わたしなんかが本当に、ずっとノエル様のお側にいてもいいの……？）

こんなにも幸せでいいのだろうかと心の中では浮かれきっているのに、わたしの口が紡ぐのは「そうですか」という冷淡な返事だけ。

「……本当に、嫌われてしまったようですね」

ノエル様が悲しげに目を伏せたことで、幸せな気分は一瞬でどん底まで落ちていく。

わたしがノエル様のことを嫌いになるなんて、絶対にありえないというのに。どんなことをされても嫌いにならない、なれない自信があった。

（けれど、そう思われるような態度を取り続けているのはわたし自身だわ）

今のノエル様の心情を思うと、胸が張り裂けそうになる。

もしもわたしが彼の立場だったなら、きっと傷つき、立ち直れなくなっているだろう。

（ノエル様、今も変わらず好きです。大好きです）

いくら心の中で叫んでも、伝わることはない。もどかしくて悔しくて、泣きたくなる。

なんてことをしてしまったのだろうと、きつく両手を握りしめる。

「――それでも、君はもう俺のものだ」

そんなわたしに、ぞくりとするほど美しい笑みを浮かべたノエル様は、静かにそう告げた。


食事を終え、帰りの馬車に揺られながら、わたしは正面に座るノエル様をそっと盗み見ていた。

窓の外を見つめる穏やかな横顔は月明かりに照らされており、絵画のような美しさだった。

（さっきは一瞬、別人みたいに見えたけれど、気のせいだったみたい。ああ、不眠不休で三日くらい眺めていられる気がするわ……）

いつの間にかじっくり見惚れていると、ノエル様は眉尻を下げ、苦笑いを浮かべた。

「お願いですから、そんなに睨《にら》まないでください」

「……すみません」

真顔でじっと見つめていては、睨んでいるように見えてもおかしくない。もう何をしても悪い方向に転がってしまうことに、わたしは内心頭を抱えた。

少しの沈黙の後、ノエル様は「ああ、そうだ」と思い出したように口を開く。

「来週、舞踏会に招待されているんです。元々は一人で参加するつもりだったんですが、君さえ良ければ婚約者として一緒に参加してくれませんか」

学生時代からの友人である侯爵令息の招待らしく、わたしの知る元学友も多く参加するという。

きっと楽しめるはずだからと、ノエル様は微笑んだ。

「分かりました」

「ありがとうございます、嬉しいです。君と参加すると伝えておきますね」

ノエル様はこんなわたしを舞踏会のパートナーとして誘ってくださった上に、素っ気ない返事に対しても、嬉しそうに微笑んでくれている。

そんな心の広さや優しさに、胸を打たれた。

（ノエル様の婚約者として初めて社交の場に出るんだもの、失敗なんてできないわ）

制約魔法には負けず絶対に上手く立ち回ってみせると、わたしは気合を入れた。

数日後の昼下がり、メイドのダリアが慌てた様子でわたしのもとへやってきた。

「お嬢様、お嬢様！」

「なあに？　そんなに慌ててどうしたの？」

そんな彼女の手には、丁寧にラッピングされた可愛らしい大きな箱がある。箱に巻かれた特徴的なリボンの柄から、王都で一番人気のデザイナーがいるドレスショップのものだと気がついた。

「お父様ったら、誕生日でもないのに」

「もう、何を言っているんですか！　アンダーソン様からですよ！」

「えっ？　ノエル様から？」

すぐに受け取り、大事に抱えながらテーブルへと運ぶ。緊張しながら箱を開けると、そこには最高級のものだと一目で分かる、淡い紫色のドレスと靴が入っていた。

「なんて素敵なの……！」

滑らかな生地には銀糸で花の刺繍が施され、小さな真珠や宝石がちりばめられている。あまりの美しさに、溜め息が漏れてしまう。

添えられていた手紙にはノエル様の美しい字で、ぜひ舞踏会に着てきてほしいと書かれていた。

（ノエル様が、わたしのために用意してくださったなんて……！）

初めてのノエル様からの贈り物。嬉しくて幸せで、視界がぼやけていく。長年、ノエル様について語り続けていたわたしに付き合ってくれていたダリアも、ハンカチで目頭を押さえている。

（本当に夢みたいだわ）

舞踏会の後も大切に保管し、一生の宝物にしようと誓う。

全身鏡の前に立ち、ドレスを身体にあてがってみる。

「ノエル様はお嬢様のことをよく分かっていらっしゃいますね。本当にお似合いです」

「そ、そうかしら。本当に似合ってる？」

「それはもう！　世界一お美しいですよ」

昔からわたしに甘すぎるダリアに煽《おだ》てられ、余計に浮かれてしまう。

そうしてドレスや靴を眺めては口元を緩ませていると、ふとダリアが何かを言いたげな様子でいることに気がついた。

「どうかした？」

「……実はドレスだけでなく、あの手紙も届いていたんです」

「あら、また？　よく飽きないわね」

「外ではお一人にならないよう、くれぐれも気をつけてくださいね」

「大丈夫よ、あんなの悪戯に決まっているもの」

ダリアの言う「あの手紙」というのは、学園を卒業した頃から数ヶ月に一回届くようになった、気味の悪い手紙のことだ。

毎回、差出人は書かれておらず、中には「いつでも見ているよ」「君だけを愛している」などといった愛の言葉がびっしりと綴《つづ》られている。正直、かなり気持ち悪い。

初めの頃は外出するのが怖くなったりもしたけれど、何も起こらずに三年以上が経った今では、たちの悪い悪戯だろうと思うようになっていた。暇な人もいるものだ。

「そんなことより、ドレスに合う髪型やアクセサリーを考えないと！」

とにかく今はそれどころではない。この美しいドレスに見合うようしっかり準備をし、ノエル様の婚約者としての役目を果たさなければ。

わたしは手の空いているメイド達を集めると、舞踏会に向けての作戦会議を開くことにした。

そして、ついに舞踏会当日を迎えた。

時間通りに迎えにきてくださったノエル様とともに馬車に揺られ、侯爵邸へと向かう。

（今日もノエル様は素敵すぎるわ……！　婚約者として隣を歩けるなんて夢みたい）

白を基調とした正装に身を包んだノエル様の眩しすぎる姿に、何度も意識が遠のきながらも、わたしは彼と腕を組み、会場の中へと足を踏み入れた。

密着しているせいで緊張は止まらず、両手と両足が一緒に出そうになる。

ノエル様からは驚くほど甘い香りがして、よりドキドキしてしまう。

「本当に綺麗《きれい》です、シェリー。皆が君を見ていますよ」

「まさか。皆が見ているのはあなたの方です」

ノエル様は顔を合わせてからというもの、何度も褒めてくれていた。

先日の食事の際に髪型を褒めてもらえたのが嬉しくて、今日も結い上げてもらっている。アクセサリーも結局出発ギリギリまで悩み、ドレスに合わせてアメジストのピアスを選んだ。

「ドレスも着てくれて嬉しいです。ありがとう」

「こちらこそ。ありがとうございます」

本当に嬉しかったという気持ちや感謝を伝えたいのに、やはり素っ気ない態度になってしまう。

(もう！　今日も可愛げがないどころか最悪な態度だわ……ノエル様、本当にごめんなさい)

心の中は幸せいっぱいだというのに、そっと自分の顔に触れてみたところ、相変わらず唇はきつく真横に引き結ばれていた。

(間違って少しくらい、効果が弱まってくれたりはしないかしら)

「まあ、婚約されたという噂は本当でしたのね」

「あのノエル様が、シェリー様と……！」

会場内ですれ違う人々は皆、揃って驚いたような表情を浮かべている。

未婚の令嬢の憧れの的であるノエル様が婚約者に選んだ相手が、平々凡々な男爵令嬢のわたしだったのだから、当然の反応だろう。

きっとこれからわたしに対する風当たりや見る目は、強く厳しくなるに違いない。

だからこそ今日は、戦場へ赴くような気持ちで気合を入れてきたというのに。

（ど、どうして皆こんなに優しいの……？）

予想に反して、何故か周りの反応はとても優しいものだった。

まるで親が子を見守るような、そんな温かい視線を向けられており、知らない人々も皆「婚約おめでとう」「良かったわね」と優しく声をかけてくれるのだ。

ノエル様には相応《ふさわ》しくないと野次が飛んでくることも覚悟していたわたしは、困惑してしまう。

そしていつの間にか魔法学園時代の同級生が続々と、わたし達のもとへ集まってきていた。

「シェリー、久しぶりね！　婚約おめでとう！」

「本当にすごいわ。あなたのことを皆、ずっと陰ながら応援していたのよ」

「えっ？」

「本当、健気だったよな。いつも小型犬のようにアンダーソン様に駆け寄って行ってさ」

「ええ。ノエル様、どうかシェリーをよろしくお願いします」

一気に祝福の言葉をかけられ、戸惑いを隠せずにいるわたしの肩をノエル様は抱き寄せた。

「はい、もちろんです。一生大切にしますよ」

そんなノエル様の言葉に、女性陣はきゃあと小さな悲鳴を上げる。

もちろんわたしも、心の中では誰よりも大きな叫び声を上げていた。音声記録用の魔道具を持ち歩いておけば良かったと、それはもう悔やんだ。

「一途《いちず》に思い続けた恋がこうして実るなんて、まるでロマンス小説のようだわ」

学生時代からずっとノエル様に全力で好きだと伝えるわたしの姿を見て、皆いつしか応援するようになっていたのだという。周りからの温かい視線の理由も、分かった気がした。

なんだか照れ臭く、くすぐったいような気持ちになる。

隣に立つノエル様も嬉しそうな表情を浮かべていて、嬉しくなった。

それからもノエル様とともに挨拶回りをし、大勢の人々から祝福され、わたしは幸せな気分に包まれていた。扇子で口元を隠すことで、常に真顔だったのもなんとかカバーできていた気がする。

（あ、音楽が流れ始めたわ。そろそろわたしもノエル様と踊れるかしら……？）

今日は舞踏会であり、わたしはノエル様のパートナーなのだ。一緒に踊れるかもしれないと、お誘いを受けた日からずっと、ひそかに期待していたのだけれど。

ノエル様は騎士団の上司だという方に呼ばれてしまい、少しの間だけ席を外すことになった。

「すみません、すぐに戻ってきますので」

「ごゆっくり」

ノエル様の姿が見えなくなるのと同時に、ふっと顔の筋肉が緩むのが分かった。

（腹が立つくらい、きっちりした魔法ね）

そうして少し離れたところにいる友人に声をかけようと向かっていると、視界の端に見覚えのある赤い髪を見つけた。相手もわたしに気がついたようで、まっすぐこちらへと向かってくる。

「シェリー、お前も来てたんだな」

「ええ、ウォルトも」

「おう。俺は今来たばかりなんだ」

ウォルトに会うのは、一ヶ月ぶりだった。

その表情は珍しく暗いもので、どこか元気がないように見える。

「こないだ、舞台を観に行こうって話をしただろ？　連絡しようと思ってたんだけどさ」

そう言えば先日、大好きな小説の舞台を一緒に観に行こうと誘われたことを思い出す。

『どうせなら二ヶ月後、一緒に観に行こうぜ』

『ええ、いいわよ』

『やった！　楽しみだな』

制約魔法のことやノエル様とのことで頭がいっぱいだったわたしは、すっかり忘れていた。

「お前がアンダーソン様と婚約したって聞いて、もう無理だろうなって」

「……確かにそうよね、ごめんなさい」

婚約者がいる立場で異性と二人で出かけるなんてこと、常識的に考えてあり得ない。

約束を破ることになった上に、気を遣わせてしまって申し訳なく思っていると、ウォルトは「そんな顔すんなよ」と言って、ばしんとわたしの背中を叩いた。

「お前、ずっと好きだったじゃん、おめでとう」

一体どんな魔法を使ったんだ？　なんて言ってからかってくるウォルトにつられて笑顔になる。

「ま、お前が幸せそうで良かった」

「……ありがとう」

「なんかすげー寂しいけどな。お前がアンダーソン様と上手くいくとは思ってなかったし」

「でしょうね。わたしもよ」

間違いなく、誰だってそうだろう。本当に奇跡のようなものだ。

制約魔法のせいでまだ不安はあるけれど、ノエル様の側にいられる今が幸せで仕方ない。

（――ノエル様の前でも、こうして笑えたらいいのに）

そんなことを思いながら学生時代の話で盛り上がっていると、不意に腕を引かれ、視界がぶれた。

慌てて振り返り顔を上げれば、いつの間にかすぐ側まで来ていたノエル様と視線が絡む。

どうやらもう、お話は終わったらしい。

「君は本当に、俺を煽《あお》るのが上手ですね」

「えっ？」

形の良い唇は美しい弧を描いてはいるものの、その目は欠片《かけら》も笑っていない。

ぽかんとしているウォルトを後目《しりめ》に、ノエル様はわたしの腕を引いて歩き出す。

（ノエル様、怒ってる……？）

人混みの間をすり抜け、早足で必死にノエル様の後をついていく。やがてホールを出て人気のない廊下へと出た途端、ぐっと冷たい壁に押しつけられた。

わたしの顔の横に手をついたノエル様と、鼻先が触れてしまいそうなくらいに顔が近づく。

「――本当に、頭がおかしくなりそうだ」

苦しげにそう呟くと、ノエル様は戸惑うわたしの肩に顔を埋めた。

柔らかな銀髪が首筋にあたり、くすぐったい。

（い、一体どうされたのかしら？　急にこんな……心臓が破裂しそう……）

わたしの心臓はとうに限界を超えており、悲鳴を上げ続けている。

しばらく沈黙が続いた後、ノエル様は静かに口を開いた。

「……俺を好きでも嫌いでも関係ないなんて、嘘です。そう思いたかっただけなんだと、たった今思い知りました」

その声は少しだけ震えていて、わたしは息を呑む。

「俺が悪いのは分かっているんです。君に甘えて安心しきっていた、俺が悪い。もっとできることはあったはずなのに」

ノエル様は何を言っているのだろう。悪いところなんて、ひとつもないというのに。

悪いのはむしろ、馬鹿なことをしてノエル様を傷つけ続けているわたしの方だ。だからこそ、ノエル様が自分を責めている理由が分からない。

やがてノエル様はゆっくりと顔を上げると、縋《すが》るような眼差《まなざ》しをわたしに向けた。

「それでも、もう一度君に笑いかけてもらいたい、好きになってもらいたいと思ってしまうんです」

「……っ」

その切実な声に、言葉に、大好きなノエル様にそんなことを言わせてしまった自分の愚かさに、心の底から泣きたくなる。

「また君に好きになってもらえるよう努力します。もちろん、すぐにとは言いません。けれどせめて、俺の前で他の男に笑顔を向けないでください。流石に耐えられそうにない」

ノエル様がわたしなんかの為にここまで言ってくださるなんて、信じられなかった。

そして今になってようやく、ウォルトに対し嫉妬してくれていたのだと気がつく。

同時に、自分が本当にノエル様に愛されているのだと思い知らされた。

「…………」

(こんなに大好きなのに、それを伝えられないのが辛《つら》くて、苦しい)

分かりましたと返事をすると、ノエル様は安心したような表情を浮かべた。

「もうひとつだけ、お願いをしてもいいですか」

「なんでしょう」

「君に好きになってもらえるよう、頑張る機会をくれませんか？」

そんな必要などないくらい大好きだと伝えたいのに、口からは溜め息に似た声が漏れるだけ。

「勝手にしてください」

「ありがとうございます、シェリー」

ノエル様は嬉しそうに微笑むと、そっと掬いとったわたしの手の甲にキスを落とした。

幕間　無償の愛

「なあ、ノエル。あの子また、お前のこと見てたよ」

友人であるクリフの視線を辿《たど》れば教室のドアの隙間から、ふわりと揺れる桃色の長い髪が見えた。

どうやら彼女は今日も、廊下から俺の姿を見つめていたらしい。

「よく見つけたな」

「最近、あの子を探すのが趣味になってきてるんだ」

やけに楽しそうなクリフの馬鹿馬鹿しい返事に、俺は溜め息を吐《つ》いた。

――魔法学園に入学して三ヶ月。名前も知らない彼女の存在に気がついたのは、いつだっただろう。話しかけられることもなく、ただ遠くから俺を見つめているだけの変な女子生徒だった。

「あんな遠くからお前を見ているだけで、幸せそうな顔をしてるんだぜ。可愛《かわい》いじゃん」

「別にどうでもいい」

「ノエルは本当、女性に興味がないね」

不仲なんて言葉では言い表せないような両親を見て育った俺は、恋や愛などくだらないと思って生きてきた。何より、いずれは父の決めた相手と政略結婚をすることになっている。

この学園にも、幼い頃から目指している王城勤めの文官職に就くために来ているのだ。勉学に忙しい日々の中、そんなことに付き合っている暇などない。

再び読んでいた本に視線を落とした俺に、クリフは再び「なあ」と声をかけてくる。

「最近ノエルとよく話してる子、いつもの集団に呼び出されたよ」

「……そうか」

「あれ、助けてあげないの？」

「俺には関係ない」

クリフの言う女子生徒には一方的に話しかけられているのであって、仲が良いわけではない。適当に相槌《あいづち》を打ち、あしらっているだけだ。向こうが俺に好意を抱いているのは明らかだが、俺にとってはクラスメイト以下の存在でしかない。

そして彼女を呼び出した集団というのは、俺を慕っているらしい上位貴族令嬢の女子生徒達のことだろう。例の女子生徒はきっと今頃、俺と関わるなとでも言われているに違いない。

別に助ける理由などないし、どうだって良かった。

「ノエルは冷たいなあ」

そんなことを言うクリフだって頬杖《ほおづえ》をつき、いつもと変わらない笑みを浮かべている。

やがて目元を赤くして教室へ戻ってきた女子生徒の姿を見ても、何も感じなかった。彼女を呼び出した女子生徒達の満足げな様子には、吐き気がしたが。

（恋愛感情なんて醜くて無駄で、迷惑なものでしかない。そもそも俺のことを何も知らないくせに）

俺を好きだと言う女性達は皆、顔や爵位に釣られているだけ。

クリフが気に入っているあの女子生徒だって、会話をしたことすらないのだ。俺のことなんて何ひとつ知りやしない。放っておけばそのうち飽きて他に行くだろう。

そう思っていたのに、半年が経《た》っても彼女は遠くから俺を幸せそうに見つめているだけだった。


「あ、いたいた！　今日は木の陰か。木の葉をあんなにも付けて、可愛いなぁ」

「………」

入学して二度目の春が訪れても、相変わらずクリフは彼女を探し、見つけては楽しそうにしていた。

今日も彼女は豆粒のようにしか見えない距離から、こちらを見つめている。

（——一体、俺に何を求めている？）

よく飽きないなと思いつつ、俺も少しだけ彼女に対して興味が湧《わ》き始めていた。

そんなある日の昼休み、学食で友人と食事をとる彼女の姿を見つけた。

「それにしても、今日もノエル様は素敵だったわ。今朝なんてね、眠そうに目元を擦《こす》っていたのよ。遅くまでお勉強なさっていたのかしら。可愛らしい姿に心臓が破裂するかと思っちゃった。ノエル様をこの世に生み出してくださった神様と彼のご両親には、本当に感謝してもしきれないわね」

何気なく近づいてみれば、それはもう嬉《うれ》しそうに俺の話をしているところだった。

俺でさえ両親に感謝などしていないというのに、どうかしている。

そう思いながらも、気がつけば俺は声をかけていた。

「――そんなにノエル・アンダーソンが好きなんですか？」

「はい！　それはもう。世界で一番好きです！」

すると間髪入れずにそんな答えが返ってきて、後ろでクリフが噴き出したのが分かった。

振り返った彼女はようやく、世界で一番好きだという本人に尋ねられたと気づいたらしく、動揺しすぎたあまり椅子《いす》から転げ落ちそうになっている。

「名前を伺っても？」

「シ、シェリー・グラフトンです」

「シェリーですか。いい名前ですね、それではまた」

彼女の名は、シェリーというらしい。

ほんの少し会話をしただけで顔を真っ赤にして慌てふためく姿を見ていると、呆《あき》れにも似た感情が込み上げてくる。

（ああ、そうだ。こうして話しかけていれば、彼女だってそのうち欲が出てくるに違いない）

――見返りを求めない人間など、存在しないのだから。

そうして歪《ゆが》みきった俺は、この日から彼女に餌を撒くことにした。

「こんにちは、シェリー」

「ご、ごご、ごきげんよう！　今日も、その、ありがとうございます！」

俺が話しかける度、シェリーはそれはもう嬉しそうな反応をした。そしていつも真っ白な頬を真っ赤に染め、「ありがとうございます」と何故か礼を言うのだ。

こうして声をかけ続けても、調子が狂ってしまうくらいにシェリーは変わらなかった。

「何か、俺にして欲しいことはありますか？」

「ええっ？　わたしなんかがノエル様に何かを頼むなんてこと、あってはなりません！」

「何でもいいんですよ、言ってみてください」

だからこそ、時には試すようなことを言ってみたりもした。

自分らしくないとは思いながらも、むきになっていたんだと思う。

「そ、それでは、ゆっくりお風呂にでも浸《つ》かって、いつもより早くお休みになってください」

「……は？」

「最近とてもお疲れのように見えます。お勉強で大変なのは分かりますが、お身体《からだ》も大切にしていただきたいです」

けれどシェリーは、俺の予想を簡単に超えてくる。

常に俺のことばかりを気にかけ、自分のことなど頭にないらしい。

それは一年経っても二年経っても、変わらないまま。

（シェリーは本当に、他の人間や両親とは違うのだろうか）

時折そんな疑問を抱いても、幼い頃から呪いのように染み付いた猜疑心《さいぎしん》は消えなかった。


二年の冬、雪深く肌寒い日のことだった。魔法薬学の授業で大掛かりな実験を行うらしく、クリフとともに一番広い第一研究室へと向かう。

複数クラス合同のようで、すぐにシェリーの姿を見つけた。

隣に座るクリフは室内を見回していて、彼女を探しているのだろうと気がつく。大勢の生徒がいる中で、クリフよりも先に彼女を見つけてしまったことに少しの戸惑いを覚えた。

「今回の実験は危険も伴うため――……」

教師の長い説明に耳を傾けながら、再びシェリーの方へと目を向けてみる。すると彼女はずっと俺を見ていたようで、ばっちりと視線が絡んだ。

シェリーは驚いたように一瞬目を見開いたものの、すぐに呆れるほど嬉しそうな笑みを浮かべ、小さく右手を振ってくる。

思わず軽く手を動かしてしまい、本当にらしくないことをしてしまったとすぐに後悔した。

その後はグループに分かれ、実験を進めていく。

俺はスムーズに作業できていたものの、他のメンバーは手間取っているようだった。隣のテーブルでは、半泣きのシェリーが必死にトカゲの尻尾《しっぽ》を切っているのが見えて、つい笑みがこぼれる。

やがて自身の実験を終えた俺はレポートを書き、ペンを置いて頬杖をついた。

周りがまだ慌ただしく作業をしている中、少しずつ瞼《まぶた》が重くなっていく。昨晩、遅くまで父とその友人達のくだらない集まりに顔を出させられていたせいだろう。

(……なんだか、疲れた)

自身を取り巻く何もかもに、疲れていたのかもしれない。

眠気に身を任せ、静かに目を閉じる。

「きゃあああ！」

すると突如、研究室内に女子生徒の甲高い悲鳴が響いた。すぐに顔を上げれば、視界には真っ赤な炎が広がっていた。

大方、近くにいた生徒の使い魔が実験の影響で暴走してしまったのだろう。今回の実験の注意事項として、使い魔との魔力共有を切断するのは必須だと言われていたというのに。

(――これは、流石《さすが》にまずいかもしれない)

火属性の鳥型の使い魔は、まっすぐこちらへ勢いよく飛んでくる。強い同属性の魔力を求め、火魔法使いである俺へ向かってきているのだと瞬時に悟った。

火魔法使いだからと言って、火に耐性があるわけではない。むしろ火魔法同士では相性も悪く、打ち消しにくいのだ。

防ぎきれないと、どこか諦めたような気持ちになった時だった。

「――ノエル様！」

冷たい何かに包まれ、視界が暗くなる。同時に、覚えのある甘い香りが鼻をかすめた。

そしてすぐに、何が起きたのかを理解する。

「……シェリー？」

俺を庇《かば》うように抱きしめていたシェリーから離れて顔を上げると、ひどく焼け爛《ただ》れている彼女の背中が視界に飛び込んできた。

その隙に教師が使い魔を消したものの、既に彼女の意識はない。俺を庇ったせいだと思うと、ぐにゃりと視界が歪むほどの目眩《めまい》がした。

シェリーをすぐさま抱き抱えると、俺は治癒魔法使いである保健医のもとへ急いだ。

「傷は全て治せましたし、跡も残らなかったので大丈夫ですよ。安心してください」

「……そう、ですか」

それから一時間後、保健医の言葉に俺は胸を撫《な》で下ろした。すぐに治療をしたこと、彼女が自身の水魔法で防御していたこともあり、大事には至らなかったという。

(それでも、一歩間違えば命に関わっていたはずだ)

少し離れた場所からその光景を見ていたらしいクリフからも、先ほど話を聞いた。

『シェリーちゃんが少しも躊躇《ためら》わなかったから、ノエルは助かったんだと思うよ。あの状況ですぐに動くなんて、普通は無理だろうね。それも他人のためにさ』

『……』

『本当に愛されてるよね、ノエル。羨ましいなあ』

その後、目が覚めたシェリーのもとへと行くと、ベッドに横たわっていた彼女は俺を見るなり、安心したように微笑《ほほえ》んだ。

(――どうして)

自身があんな目に遭った直後だというのに、なぜ俺のことばかりを考えられるのだろう。

「……なぜ、あんな無茶をしたんですか」

「ノエル様が危なかったので」

さも当然のようにそう言ってのけたシェリーには、少しの後悔も見られない。傷は無事に治ったと言えども、あの瞬間は想像を絶する痛みや恐怖を感じたはずだ。

「命に関わる可能性だってあったんですよ」

「それでも、ノエル様がご無事だったのなら良かったです」

彼女の何もかもを理解できずにいると、俺の気持ちを見透かしたようにシェリーは微笑んだ。

「ノエル様が話しかけてくださるようになってから、毎日がキラキラしていて本当に幸せなんです。こうしてたくさんの奇跡みたいな幸せをいただいているので、ノエル様のために何かできたのなら、これ以上に嬉しいことはありません」

「……っ」

俺がシェリーに話しかけていたのは、試すような気持ちからだというのに。

彼女のまっすぐな笑顔や言葉に、泣きたくなるくらいに胸が締めつけられた。吐き気すら感じるほどの罪悪感や自己嫌悪が、全身に広がっていく。

俺はきつく手のひらを握りしめると、まっすぐにシェリーを見つめた。

「お願いですから、もう二度とこんなことはしないでください」

「ええと、ノエル様が危ない目に遭わない限りは」

呆れてしまうくらい、シェリーは変わらない。初めて声をかけた時から、ずっと。

どんなに言い聞かせても、再び同じ状況に陥った時、彼女はまた同じことをするのだろう。俺が二度と危険な目に遭わずにいるしかないと、苦笑いがこぼれる。

少しだけ短くなった髪に触れればシェリーは頬を赤く染め、俺を見上げた。

「助けてくれて、本当にありがとう」

「は、はいっ！」

（――シェリーは純粋に俺を好いていて、何の見返りも求めていない）

ひねくれた俺も、流石にそう認めざるを得なかった。

そしていつの間にか彼女がとても可愛く、愛しく思えてしまっていることにも気がついていた。


最終学年の三年生になり、俺はシェリーと同じクラスになった。

「ノエル様、ノエル様っ！　同じクラスです！」

「おはようございます、シェリー。そのようですね」

息を切らして教室へ駆け込んできたシェリーは、まっすぐに俺のもとへとやってきた。

その様子が可愛らしくて嬉しくて、自然と口元が綻《ほころ》ぶ。

夢のようだとはしゃぐシェリーは俺がクラス表に自分の名前を見つけた後、すぐに彼女の名前を探してしまったなんて、夢にも思っていないだろう。

「ノエル様、残り一年間もよろしくお願いしますね！」

けれど満面の笑みでそう言われた瞬間、何故か胸がちくりと痛んだ。

「……一年間、か」

思わずそう呟《つぶや》いてしまい、すぐに我に返る。案の定、シェリーが不思議そうに首を傾《かし》げていた。

「あの、何かありましたか？」

「いいえ、なんでもありません。そろそろ先生が来る時間ですよ」

「あ、はい！　また！」

笑みを浮かべれば、シェリーは嬉しそうに自席へと向かっていく。

（俺は一体、何を期待していたのだろう）

こんな日々が長く続かないことは、分かっていたはずなのに。学園を卒業した後、俺はすぐに父の決めた相手と婚約することが決まっているのだ。

そうなれば、彼女と関わることはほとんどなくなる。

もしもシェリーがこのことを知ったら、どう思うのだろう。

いつもと変わらない笑みを浮かべて、「幸せになってくださいね！」なんて言うのだろうか。

（そしていつか、俺ではない他の男を好きになってしまったら――）

そんなことを考えては張り裂けそうな胸の痛みを覚えていた、ある日のことだった。

「ノエル様以外の方を、好きになれる気がしないんです」

彼女は当たり前のようにそう言って、その言葉は俺の心をひどく揺さぶった。

（信じてもいいのだろうか。シェリーは本当に、一生俺だけを愛してくれるのだろうか）

シェリーは父や母とは違う。

そうと分かっていても、口からは疑うような言葉がこぼれていく。

「はい、一生ノエル様だけです」

けれど彼女は当たり前のように、そう言ってのけた。

（……ああ、きっとシェリーは、俺を裏切らない）

期待が、確信へと変わる。

両親にすら愛された記憶がない俺は、本当はずっと誰かに愛されたかった。

永遠に変わらない愛情が欲しかった。

無償の愛というものを何よりも、誰よりも求めていた。

そして俺にそれを与えてくれるのは、間違いなく彼女だと思ったのだ。

「その言葉、忘れないでくださいね」

そう言って柔らかな髪に口づければ、シェリーは真っ赤な顔をして何度も首を縦に振ってくれる。

なんて可愛いのだろう。シェリーの為なら、何だってできるような気がする。

もちろん、あの父が簡単に彼女との将来を許してくれるはずがないことも分かっていた。そしてその為に何をすべきかも、とうに分かっている。簡単にできる決断ではなかった。

（それでも、シェリーを失いたくない）

俺は心を決めた。ずっと欲しかったものを手に入れられるのだから。

――そしてこの日俺は、幼い頃からの夢を捨てた。

第三章

新しい生活

ノエル様と舞踏会に参加してから、二日が経《た》った朝。

慌ただしく駆け回る使用人達を見つめながら、あっという間に空《から》になっていく自室の真ん中で、わたしは呆然《ぼうぜん》と立ち尽くしていた。

「……好きになってもらえるように、頑張る機会」

そう呟《つぶや》けば、誰よりも忙しそうなダリアがたくさんのドレスを抱えたまま、こちらを向いた。

「お嬢様、何か仰《おっしゃ》いましたか？」

「い、いいえ、何でもないの。ごめんなさい」

「何か忘れている物があれば、仰ってくださいね」

「そう、ね……」

（本当に、どうしてこんなことになってしまったのかしら）

——そもそもは今朝、仕事も休みでぐっすりと寝ていたところ「お嬢様、お嬢様！」と鬼気迫る様子のメイド長に叩き起こされたことから始まった。

「どうしたの？　今日は休日だから、もう少し寝ていても大丈夫なのに」

「休日も何もありませんよ！　どうして今までアンダーソン伯爵邸に引っ越すということを黙っていたのですか！　こんなにも急では、流石《さすが》に困ります！」

「……へ？」

アンダーソン伯爵邸に引っ越す、という信じられない言葉が耳に届き、一気に眠気が吹き飛ぶ。

寝ぼけているせいで聞き間違えたのかとも思ったけれど、どうやら事実らしい。

（黙っていたも何も、わたしも初耳なんですけど!?）

そう、いつの間にかわたしは、今日からアンダーソン伯爵邸で暮らすことになっていたのだ。

『チャンスをくれませんか？』

『チャンス、ですか』

『はい。君に好きになってもらえるよう、頑張る機会です』

『勝手にしてください』

確かにあの日わたしはそう言ったけれど、まさか結婚する前に一緒に住むなんてこと、想像すらしていなかった。そもそもまだ婚約して間もないというのに。

「シェリー、幸せになってね。あなたはいつまでも私達の可愛《かわい》い娘よ」

「お父様、お母様……」

「くれぐれも、アンダーソン様に失礼のないようにな！」

（う、うまく丸め込まれてる……！）

両親とノエル様の間ではしっかり話がまとまっているようで、荷物とわたしを乗せた馬車は、午前中のうちにアンダーソン伯爵家へと出発してしまった。

馬車に揺られ外の景色《けしき》を見つめながら、わたしは今後の生活について考え、頭を悩ませていた。

（はあ……ノエル様の前でも、早く素直な自分になれたらいいのに）

制約魔法の期間はまだ残っているのだ。また冷たい態度をとってしまい、ノエル様を傷つけてしまう可能性もある。

だからこそノエル様と同じ屋根の下で暮らせるからといって、浮かれてなんかいられない。

そう、浮かれてなんか――……

（お休みの日には朝から晩までノエル様を見つめていられるかもしれないし、当たり前のように一緒に食事をとることだってできるかもしれない。はっ、お風呂上がりのノエル様を見られる可能性もあるってことかしら!?　ああいけない、想像しただけで目眩《めまい》がしてきたわ……！）

しっかりするよう何度自分に言い聞かせても、口元は緩むばかりだった。

やがて到着したアンダーソン伯爵邸の広大な敷地や大きな建物に、圧倒されてしまう。

「シェリー、待っていましたよ」

そんなわたしを、ノエル様はとびきり美しい笑顔で出迎えてくれた。

当たり前のように手を繋《つな》がれ、心臓が破裂しそうになりながら豪華な屋敷の中を歩いていく。

「君と一緒に暮らせるなんて夢みたいです」

「結婚もしていないというのに、驚きました」

「今から籍を入れに行きましょうか？」

「結構です」

早速冷たい態度をとってしまったものの、ノエル様はにこにこと嬉《うれ》しそうな笑みを浮かべたまま。

もしかすると、この状態のわたしに慣れてしまったのかもしれない。

全く嬉しくないけれど、少しだけほっとする。

「送り迎えもさせますから、仕事の後は寄り道せずに毎日まっすぐ帰ってきてくださいね」

「分かりました」

「ありがとう。もちろん俺もそうします」

（まるで新婚夫婦のような会話だわ……！　毎日一分一秒でも早く帰ってこないと）

心の中でそう誓ったわたしは、きょろきょろと辺りを見回す。

「伯爵夫妻はどちらに？　ご挨拶《あいさつ》をさせていただきたいのですが」

ノエル様のご両親に初めて会うのだと思うと、実は家を出た時からずっと緊張していたのだ。

けれどノエル様は、小さく首を左右に振る。

「大丈夫ですよ。ここには俺しか住んでいませんから」

「えっ？」

「ですから、誰にも気を遣う必要はありません。ゆっくり過ごしてくださいね」

「………」

わたしの記憶が正しければ、アンダーソン伯爵夫妻はまだご存命のはず。それなのになぜ、ノエル様はこんなにも広いお屋敷に一人で暮らしているのだろう。

そんな疑問を抱きながら、ノエル様の後をついていく。

「ここが君の部屋です」

やがて案内されたのは、シンプルだけれど品のある素敵な部屋だった。白で統一された家具はどれも高級だと一目で分かるもので、小物に至るまで可愛らしいものばかりが揃えられている。

「シェリーの好みが分からなかったので、必要最低限のものしか用意していません。近いうちに一緒に買いに行きましょう。欲しいものや必要なものがあれば、なんでも言ってくださいね」

ノエル様は必要最低限と言ったけれど、これ以上は何も必要がなさそうなくらいに何でも揃えられていた。わたしのために色々と考えて準備してくださったのが伝わってきて、嬉しくなる。

「ありがとうございます」

「どういたしまして」

ノエル様は照れたように目を細めると、指先でわたしの頬《ほお》に触れた。

「本当に君が来てくれて嬉しいです。ありがとう」

喜色に溢《あふ》れたその表情にまた、心臓が跳ねてしまう。

そんな中ノック音が響き、室内へ入ってきた執事らしき男性がノエル様に耳打ちをする。

やがてノエル様は深い溜め息を吐《つ》くと、わたしに向き直った。

「すみません、せっかく君が来てくれた日だというのに急遽《きゅうきょ》仕事が入ってしまいました。執事のホレスに屋敷の中を案内してもらってください。分からないことや必要な物があれば、すべて彼に」

「わかりました」

師団長という立場もあり、かなりお忙しいのだろう。ノエル様は支度をしてくると言い、名残《なごり》惜しそうに部屋を出て行く。

その後はホレスさんに広すぎる屋敷の中を案内してもらいながら、色々な話を聞いた。

「あの、ノエル様はいつからお一人でここに……？」

「旦那様は十年前から領地に住んでおり、奥様はノエル様が成人されてすぐに出て行かれました」

「……そう、なんですね」

込み入った事情がありそうで詳しい理由を聞くのは憚《はばか》られたものの、ノエル様は五年以上も一人で暮らしているということになる。

こんなにも広い屋敷に一人でいて、寂しくないはずがない。

『本当に君が来てくれて嬉しいです』

先ほどの笑顔を思い出し、ずきりと胸が痛んだ。

（わたしはノエル様について、知らないことばかりだわ……）

「ノエル様はそれはもう楽しそうに、シェリー様をお迎えする準備を進められていたんですよ。私どももシェリー様に来ていただけて、とても嬉しいです」

「ありがとうございます。こちらこそ、よろしくお願いいたします」

ホレスさんはきっと、ノエル様のことをとても大切に思っているのだろう。

その後、ノエル様はいつの間にか仕事へ行ってしまったようで、見送りはできなかった。寂しさを覚えたけれど、もしかすると家族に見送られること自体、長年なかったのかもしれない。

そう思うと、やはり胸が締めつけられるような思いがした。


わたし自身も仕事があるため毎日は難しいものの、せめて今日くらいは仕事から帰宅したノエル様を出迎えたい。そう思ったわたしは、広間で起きて待っていることにした。

「普段なら、既にご帰宅されている時間なのですが……」

「師団長になられたばかりですし、お忙しいんでしょうね」

けれどノエル様は、なかなか帰ってこない。

何をして待っていようか悩んでいると、ホレスさんがわたしの話し相手を買って出てくれた。

「温かいお茶はいかがですか？」

「ありがとう。いただくわ」

それからは、ホレスさんとたくさんのノエル様の話をした。

子供の頃のノエル様のお話を聞いては悶《もだ》え、彼が学生時代から屋敷でもわたしの話をしてくださっていたと知った時には、本気で泣きそうになった。

「先日一緒に参加した舞踏会でも、ノエル様はそれはもう素敵だったんですよ！　……できるなら一緒に踊りたかったんですが、それは叶《かな》わなくて」

「おや、そうでしたか。それは残念でしたね」

ホレスさんはわたしの話に対しこまめに相槌《あいづち》を打ち、嬉しそうに聞いてくれるものだから、ついつい浮かれて喋《しゃべ》りすぎてしまう。

「……ふわあ」

やがて喋り疲れたわたしはふかふかのソファに座り、舟を漕《こ》ぎ始めていた。

——結局ノエル様が帰ってきたという知らせを受けたのは、深夜を過ぎた頃だった。両頬を軽く叩いてローブを羽織り、玄関ホールへと急ぐ。廊下は少しだけ肌寒く、ぶるりと鳥肌が立つ。

そして玄関ホールに着いたところで丁度ドアが開き、中へと入ってきたノエル様と目が合った。

「おかえりなさいませ」

口から出た声は低く冷たいものだったけれど、なんとか起きて出迎えられたことにほっとする。

慣れない夜更かしは、なかなかに辛《つら》かった。

（ああ、ここまで本当に本当に長かったわ……ここで立ったまま、今すぐに眠れそうだもの）

ノエル様はそんなわたしを見て、ひどく驚いたように目を見開いた。

そしてすぐに、側まで駆け寄ってきてくれる。

「……どうしてこんな時間に？」

「たまたま寝付けなかっただけです」

（もう、また口が勝手に……！　本当に可愛げがないんだから！）

やはり素《そ》っ気《け》ない態度をとってしまい内心頭を抱えたものの、何故かノエル様はくすりと笑う。

――後ろでホレスさんが首を左右に振っていたなんてこと、わたしは知る由もない。

「ただいま、シェリー」

やがて嬉しそうに微笑《ほほえ》むと、ノエル様はわたしをきつく抱きしめてくれた。

「……本当に、ありがとう」

今にも消え入りそうな声で紡がれたその言葉が嬉しくて、切なくて。

思わず涙ぐんでしまいながら、こうして待っていて本当に良かったと心の底から思った。

◇◇◇

「すみません、お待たせしました。……シェリー？」

すぐに着替えてくるから少しだけ話をしないかと尋ねれば、シェリーは「仕方ないですね」と言ってくれた。広間の前で別れ、急いで自室へと向かう。

そうして急いで戻ってきたところ、シェリーはソファの背もたれに深く身体《からだ》を預け、心地良さそうに寝息を立てていた。

「とても眠そうな中、ノエル様がご帰宅されるのをお待ちしていたんですよ」

シェリーは相当無理をして、遅くまで俺の帰りを待ってくれていたという。

「その間ずっとノエル様のことを楽しそうにお話しされていて、先日の舞踏会で一緒に踊れなかったことが残念だとも仰っていました」

「……本当に、彼女がそんなことを？」

「はい」

ホレスは深く頷《うなず》くと、すやすやと眠るシェリーに穏やかな笑みを向けた。

彼がそんな嘘を吐く人間ではないと分かっているものの、シェリーに完全に嫌われていると思っていた俺は、驚きを隠せずにいる。

（どうして無理をしてまで、俺を待ってくれていたのだろう）

使用人以外に「おかえりなさい」と言われたのは、いつ以来だろう。もはや記憶にないくらい、遠い昔のことだった。

だからこそあまりにも嬉しくて、気がつけば彼女を抱きしめてしまっていた。

気持ちよさそうに眠るシェリーを起こさないようそっと抱き上げ、彼女の部屋へと運ぶ。シェリーを抱き上げたのは学生時代以来で、想像以上に軽くて心配になる。

明日からは彼女の好物をたくさん用意させ、もっと食べてもらわなければ。

「んむう……」

桃色の唇からは時折そんな可愛らしい声が漏れ、愛しさが込み上げてくる。やがてベッドに彼女を寝かせると、少しだけだと自分に言い聞かせ、すぐ側に腰掛けた。

その寝顔を見つめているだけで、仕事の疲れなど一瞬で吹き飛んでいく気がする。

良い夢を見ているのか、口元にはうっすらと笑みが浮かんでいた。

（シェリーの笑顔を、久しぶりに見た気がする）

——彼女からの愛情が失われたのは、すべて俺のせいだというのに。

それでも裏切られた気持ちになり、責めるようなことばかり言ってしまった。

その上、シェリーの気持ちを無視して婚約をし、屋敷にまで住まわせたのだ。自分勝手なことばかりしている自覚はある。

（俺はなんて愚かなんだろう）

それでも、こうして側にいてくれるだけで幸せで仕方ない。

「……手放してあげられなくて、ごめん」

幸せを象《かたど》ったようなシェリーの穏やかな寝顔を見つめながら、俺は一人そう呟いた。

◇◇◇

「ふわあ……」

「シェリー様、今日はとても眠そうですね。お茶をどうぞ」

「そうなの、少し寝不足で。ありがとう」

部下のシーラからお茶を受け取り、お礼を言う。早速ティーカップに口をつければ、爽やかなミントティーの良い香りが鼻をくすぐった。お蔭で眠気も少し覚めそうだ。

わたしは今日も職場である研究所にて、朝から仕事に励んでいる。

欠伸《あくび》を噛み殺して机に向かい、先日の実験結果をまとめているけれど、こういう日に限って書類仕事ばかりで余計に眠くなってしまう。

（昨晩は本当に失敗だったわ。変な寝顔を晒《さら》していないと良いのだけれど）

なんとか出迎えたノエル様から話をしようと誘っていただいたのに、わたしはあの後すぐにソファで寝落ちしてしまったらしい。なんたる失態。

しかもノエル様がベッドまで運んでくださったと聞き、朝から頭を抱えた。

そんなことを思い出しては肩を落としていると、シーラが「そういえば」と口を開いた。

「今朝はとても豪華な馬車で出勤していましたよね。もしかして、例の婚約者の方の……？」

「ええ。じ、実はね、昨日から彼と一緒に住んでいるの」

こっそりとシーラの耳元でそう囁《ささや》くと、彼女は「ええっ！」と大きな声を漏らした。周りからの視線を感じ、慌てて彼女の口を塞ぐ。今は仕事中なのだ。

「もう、声が大きいわよ」

「すみません……！　後で絶対に詳しく教えてくださいね」

シーラは両手を握りしめ、キラキラとした蜂蜜色の瞳を向けてくる。彼女はわたしのノエル様話を喜んで聞いてくれる、数少ない貴重な友人でもあった。

シーラはこっそり貴族間の恋愛小説を書いていて、どうやら参考にしているらしい。わたしの話の中に参考になる部分があるのかは、怪しいところだけれど。

「もう、落ち着いて。所長に怒られてしまうし、またお昼にね」

「はあい。楽しみにしてますね」

シーラは小さく手を振り、自席へと戻っていく。

この研究所では職員同士あまり身分を気にせず、仲も良く居心地がいい。

結婚後も仕事は続けたいな、なんて考えながら書類にペンを走らせていると、不意にぽたぽたとペン先からインクが滴り落ちた。きっと、しばらくペン先を替えていなかったせいだろう。

書き直しになってしまったと、溜め息を吐く。

（……なんだか、インクが滲《にじ》んで血のよう。縁起が悪いわ）

ペンはお父様に頂いた特殊なものを使っていて、ペン先の替えは鞄《かばん》の中に入れてある。そうして鞄のある更衣室へと取りに来たわたしは、自身の戸棚に何かが挟まっていることに気がついた。

「あら？　何かしら、これ」

扉に挟まっていたのはどうやら手紙と鳥の羽根のようで、首を傾げながら手に取ってみる。

何気なく真っ白な封筒を裏返し、そこに書かれていたシェリー・グラフトン様という見覚えのある字を見たわたしは、ひゅっと息を呑《の》んだ。

（どうして、こんなものがここにあるの……？）

間違いなく、屋敷に数ヶ月に一度届くあの気味の悪い手紙と同じものだったからだ。

「――ひっ」

震える手で封筒を開けると、普段は二枚ほどだった便箋が数十枚ぎっしりと入っていて、恐る恐るその中身を見た瞬間、わたしの口からは短い悲鳴が漏れた。

手から滑り落ちた紙の束が、床にばさばさと散らばっていく。

そこには何回も何十回も何百回も、血のように真っ赤な文字で「絶対に許さない」「裏切り者」という責めるような言葉が繰り返し綴《つづ》られていた。

あの後、わたしは震える手で手紙をかき集めてゴミ箱へと押し込み、仕事場に戻った。けれど何ひ

とつ手につかず、皆に心配や迷惑をかけてしまった。

今まで職場にあの手紙が届いたことなんて、一度もなかったのだ。昨日引っ越したばかりだというのに、差出人はわたしがもうグラフトン家にはいないことを知っているのだろうか。

【いつでも君を見ているよ】

過去に届いた手紙にそう書かれていたことを思い出し、背中にぞくりと冷たいものが走る。

（本当にわたしのことを好いていて、ノエル様と婚約したことに対して怒っている……？）

ただのたちの悪い悪戯《いたずら》ではないのかもしれないと、わたしも危機感を覚え始めていた。

そもそも手紙の差出人は、警備員もいる研究所内へどうやって入り込んだのだろう。まさか職場内の誰かが――なんて想像が頭を過《よ》ぎり、そんな考えを振り払うように頭を左右に振った。

とにかくお父様に相談して護衛をつけてもらい、絶対に一人にならないようにしようと決める。

「シェリー様、本当に大丈夫ですか？」

「ええ、大丈夫よ」

なんとか仕事を終えて帰り支度をしていたわたしに、心配げな表情を浮かべたシーラが声をかけてくれる。部下にまで心配をかけてしまい、申し訳なくなる。

「顔色も悪いですし……馬車まで送ります」

「ありがとう。お言葉に甘えさせてもらおうかしら」

それでもまだ、恐怖心を拭い去ることができていなかったわたしは一人になりたくなくて、シーラの好意に甘えることにした。

二人で研究所を出て、門の前に停《と》まっているであろう迎えの馬車へと向かう。

「わあ、なんだかすごい人ですね。それも女性ばかり」

「……えっ？」

そんなシーラの声に顔を上げれば、門の辺りには人だかりができていた。何かあったのだろうかと思いながら近づいて行くと、そこには私服姿のノエル様がいて思わず足を止める。

（ど、どうしてノエル様がここに……？）

「シェリー、お疲れ様です」

ノエル様はわたしを視界に捉えると嬉しそうに微笑み、駆け寄って来てくれる。

「突然すみません、迷惑でしたか？」

「いえ、別に」

心の中では浮かれきっているものの、ノエル様を視界に捉えた途端にわたしの顔は一瞬にして真顔になり、唇は素っ気ない言葉を紡ぐ。本当に強力な魔法だと、感服さえする。

「………」

わたしの隣にいたシーラはノエル様を見た瞬間、ぴしりと石像のように固まった。けれど、その気持ちは痛いほど分かる。わたしも初めてノエル様を見た時には、声ひとつ出なかったのだから。

「シーラ、送ってくれてありがとう」

「い、いえ！　お気をつけて」

シーラにここまで送ってくれたお礼を言い、ノエル様にエスコートされて馬車へと乗り込む。

つい先ほどまでは不安や恐怖でいっぱいだったというのに、ノエル様の顔を見た途端、どうしようもないくらい安堵《あんど》してしまった自分がいた。

（自分でも単純だと思うけれど、ノエル様の力は偉大だわ……）

ノエル様の側にいるだけで、緊張がするすると解《ほど》けていくような気がする。

それはきっと、彼が腕の立つ騎士だからという理由だけではないだろう。

「突然ですみません、この後、少しだけ付き合ってくれませんか？」

「構いません」

どうやらどこかへ一緒に行くため、迎えに来てくださったらしい。

（ノエル様になら頼まれなくとも地獄だって戦場だって、喜んでどこへでもついていきます！）

窓に映るわたしは無表情ではあるものの、心の中でぶんぶんと首を縦に振り、気合を入れた。

「それで一体、どこへ？」

伯爵邸とは反対方向に向かう馬車に揺られながら、どこへ行くのかと尋ねてみる。

「舞踏会ですよ」

するとノエル様はそう言って、にっこりと微笑んだ。

その後はノエル様とともに、夢のようなショッピングを楽しんだ。

流行《はや》りのドレスショップにて、この後すぐに舞踏会で着るドレスや靴を選んでいく。

「シェリーは何でも似合いますね」

「いえ」

鏡の前でドレスを服の上から合わせる度に、ノエル様は恥ずかしくなるくらい褒めてくれた。

店員達からは「とても愛されているんですね」と何度言われたか分からない。

（ま、まるでデートみたいだわ……！　むしろデートなのかしら？）

結局どれも似合う、選びきれないと言ってノエル様は舞踏会用のドレス以外にも、たくさんのドレスを購入してくださり、屋敷へ送るよう手配していた。

一気に宝物が増え、嬉しさで舞い上がってしまう。

舞踏会に来て行くドレスは、落ち着いたネイビーカラーのものとなった。金色の繊細な刺繍《ししゅう》と美しいドレープが、その上品さを引き立てている。

童顔だと時折言われるのを実は気にしていたわたしは、本当にこのシックなドレスが似合うのかと不安だった。けれど店の奥で、王都でも有数の化粧師だという女性によって化粧を施されると、思わず鏡を二度見してしまったくらい、大人びた雰囲気に変わっていた。

「まるで魔法みたいね、すごいわ」

「そう言っていただけて、なによりです」

ゆるく巻かれた桃色の髪は片側に自然に流されており、刺繍に合わせた金細工の花飾りが耳の後ろで輝いている。今のわたしはどこからどう見ても、大人の女性だった。

ドキドキしながらノエル様のもとへと戻れば、わたしを視界に捉えた途端、はっと息を呑んだのが分かった。けれどすぐに、照れたような笑みを浮かべる。

「シェリー、世界一綺麗《きれい》です。そんな君が隣にいてくれるなんて、俺は本当に幸せ者ですね」

「……いえ」

この喜びを外に一切出せないのが残念で悔しくて仕方なかったものの、間違いなく人生の中でも片手に入るほどの、幸せな時間だった。

ノエル様のタキシードも一緒に選んだけれど、彼に似合わない物などないと思い知らされた。どれが良いかと尋ねられたところで、どれも良すぎるとしか答えようがない。

結局「何でも良いです」なんて言葉が口をついて出たけれど、今回ばかりはあながち間違いではなかったように思う。

その後は再び馬車に揺られ、舞踏会の会場へと向かった。

「シェリーと出席することができて良かったです。急遽行かなくてはならなくなったので」

「そうですか」

舞踏会とは、急遽呼ばれるものだっただろうか。そんな疑問を抱いたものの、ノエル様ほどの方となれば色々と付き合いや事情があるのだろう、と一人納得する。

つい先日の舞踏会では機会を逃してしまったのだ、今日こそはノエル様と踊れますように、と心の中で神に祈る。

会場に足を踏み入れるなり、ノエル様は老若男女問わず次々と声をかけられていた。その度に大切な婚約者だと紹介され、嬉しくて照れ臭い気持ちになる。

そうして今日も引き結ばれた口元を扇子で隠し、真顔なのを必死に誤魔化《ごまか》しつつ挨拶回りをし、ようやく人の波が途切れた頃、ノエル様はふと足を止めた。

「クリフ、久しぶりだな」

「やあ、ノエル！　元気だったかい？」

太陽みたいに眩《まぶ》しい笑みを浮かべたクリフ様は、嬉しそうにひらひらと片手を振っている。人当たりが良く整いすぎた容姿もあって、学生時代も今も彼を慕っている令嬢は多いと聞く。

「ああ、シェリーちゃんは二ヶ月ぶりくらいかな」

「そうですね」

魔法学園の同級生でノエル様のご友人である彼とは、わたしもよくお話をさせてもらっていた。

クリフ様は伯爵令息でもあるため、卒業後も数ヶ月に一度、社交の場で顔を合わせる機会がある。

『シェリーちゃん、こっちへおいで。あの人は一度捕まったら話が長いから』

『ふふ、ありがとうございます』

その度に色々と気遣ってくださって、本当に優しい方だと思う。

「あれ？　なんだか元気がなさそうだけど、大丈夫？　ひょっとしてノエルが苛《いじ》めてる？」

「いえ」

「俺はいつでも君の味方だからね。困ったことがあったら、何でも俺に言ってね」

そう言って、クリフ様はエメラルドのような瞳を柔らかく細めた。

クリフ様は学生時代から、ノエル様に全力で愛を伝えるわたしの姿を誰よりも側で見ていたのだ。

だからこそ今のわたしの様子を見て、本気で心配してくれているようだった。

「シェリーちゃんは、笑顔の方が可愛いのに」

「……そうでしょうか」

「もちろん！　俺が保証するよ」

「クリフ、シェリーを口説くな」

「嫌だなあ、親友の婚約者相手にそんなことをするわけがないだろ？」

クリフ様はくすりと笑い、ノエル様の肩に腕を回した。

二人の親しげで楽しそうな様子を見ていると、なんだか学生時代に戻ったみたいで懐かしくなる。

それからは二人の会話を側で黙って聞いていたけれど、ふとノエル様のグラスが空になっていることに気がついた。

給仕を呼んでは会話が途切れてしまうと思い、そっと離れて他のテーブルへと向かう。

「そこのあなた、少しいいかしら？」

「…………？」

すると不意に呼び止められ、足を止めて振り返る。

そこには両腕を組み、こちらをじっと睨《にら》みつける一人の令嬢の姿があった。

腰まで流れる艶めく金髪に、長い睫毛《まつげ》に縁取られた大きな空色の瞳。思わず見惚《みと》れてしまいそうなほど美しい彼女には、覚えがある。

（この方は確か、以前ノエル様と噂になっていた侯爵令嬢のマリアン様だわ）

ワインレッドのドレスを靡《なび》かせ目の前までやってきた彼女は、わたしの頭から足の爪先まで、値踏みするようにじろじろと見つめた。

マリアン様とは、一度も関わったことがないのだ。一体何の用だろうと、落ち着かなくなる。

「なんでしょうか」

「ねえ、どうしてあなたなんかがノエル様の婚約者に選ばれたの？」

「……それ、は」

あまりにもストレートで不躾《ぶしつけ》な問いに戸惑い、口籠《くちごも》ってしまう。

彼女は苛立《いらだ》って仕方ないといった様子で、前髪をかき上げた。

「わたくしがあなたに劣っているところなんて、何ひとつないじゃない？　家柄も顔もスタイルも、魔力だってそうよ」

マリアン様の言うことはもっともであり、紛れもない事実だった。

（自分でも好いてもらえているのが不思議なくらい、わたしとノエル様は釣り合っていないもの）

こんな日が来ることも分かっていたはずなのに、周りの皆が優しすぎるせいで忘れていた。

思い返せば学生時代にも、こんなことがあった記憶がある。

わたしは何ひとつ言い返せず、勢いづいたらしい彼女は顔を怒りで歪《ゆが》め、真っ赤に塗られた指先をわたしに向ける。

「以前からノエル様の周りに虫が飛んでいるようで、すごく目障りだったのよ。貴族令嬢のくせに芋臭い研究所なんかに籠《こも》ってばかりいるのも気持ちが悪いわ」

「……っ」

「どうせあなたのような魔力の弱い落ちこぼれや、平民の寄せ集めでしょう？」

ずっと黙って聞いていたわたしも、大切な職場の仲間を悪く言われるのは許せそうにない。

ぐっと両手をきつく握り、今の言葉は訂正するよう言おうと口を開いた時だった。

「——それ以上余計な事を言うなら、舌を切り落としますよ」

そんな物騒な言葉に驚き顔を上げれば、ノエル様とクリフ様がこちらへとやってくるのが見えた。

ノエル様は庇《かば》うようにわたしの肩を抱き寄せると、マリアン様へ冷たい眼差《まなざ》しを向ける。

彼女も流石に言いすぎたと気がついたのか、焦ったように視線を泳がせた。

「ノエル様、わたくしは……」

「気安く名前を呼ばないでください。俺はもうシェリーのものなので、本来なら他の女性とは口も利きたくないんです」

ひどく冷たい声に、マリアン様の肩がびくりと震える。

（ノ、ノエル様がわたしのもの……？）

そして彼は今、さらりととんでもない事を言ってのけた。先程の「舌を切り落とす」というノエル様らしくない発言にも、わたしは戸惑いを隠せずにいる。

「たとえ侯爵家だろうと、大切なシェリーを傷つけるのなら俺は手段を選びません。二度と彼女の前に現れないでください」

「そんな、ノエル様っ……！」

「俺の言葉が聞こえませんでしたか？　飾りなら、その耳も不要ですね」

あまりにも容赦のないノエル様の言葉に、マリアン様が息を呑んだのが分かった。

我が国の伯爵家の中でも、アンダーソン伯爵家は有力な家柄なのだ。且つ、騎士団でも確固たる地位を築いているノエル様を、敵に回してはまずいと思ったのかもしれない。

何より、ノエル様を想う気持ちは本物だったのだろう。

傷ついた表情を浮かべたマリアン様は瞳から大粒の涙を零《こぼ》し、ドレスを翻して走り去っていく。

同じく彼を想う身としては少し胸が痛んだけれど、研究所とその仲間を悪く言われたことは許せなかった。

「シェリー、大丈夫でしたか？」

ノエル様はわたしに向き直ると、先程とは別人のような柔らかい笑みを浮かべた。

「大丈夫です。ご迷惑をおかけしてしまい、申し訳ありません」

「謝らないでください。君は何も悪くありませんから」

わたしを守ってくれたこと、いつも穏やかで優しいノエル様の初めて見た意外な姿に、色々な意味でドキドキしてしまう。

あの冷ややかな瞳を向けられ、責め立てられてみたいと少しだけ思ってしまったことは、墓場まで持っていくことにする。

「シェリーを傷つける人間は、誰であろうと絶対に許しません」

指先でわたしの頬をそっと撫《な》でると、ノエル様は愛おしげに微笑んだ。

まるで絵本に出てくる王子様や騎士のようなその姿に、心臓は悲鳴を上げ続けている。

「それにしても、シェリーちゃんが急にいなくなってびっくりしたんだよ」

「すみません、飲み物を取りに……」

「ああ、喉が渇いていたんですね。すぐに何か取ってきます。クリフ、シェリーの側にいてくれ」

「分かったよ、任せて」

ノエル様はそう言って微笑むと、すぐにその場を離れた。そもそも彼のためだったというのに、お手を煩《わずら》わせてしまったことを悔やむ。

（とにかくノエル様が持ってきてくださる飲み物は、一口一口味わって全力でいただくわ！）

やはりノエル様は本当に、どこまでも格好良くて優しくて素敵な方だと胸がときめく。

何千回目、何万回目かもう分からないけれど、再び惚れ直してしまう。

「大丈夫だった？　シェリーちゃん、可哀想《かわいそう》に。昔もこんなことがあったよね」

「はい、わたしは大丈夫です。ありがとうございます」

「君は誰よりも可愛いんだから、気にしなくていいと思うよ！　ねっ？」

「いえ、そんなこと」

「本当なんだけどなあ」

クリフ様も気を遣ってくださったようで、申し訳なくなるほどのお世辞を言ってくれた。

二人の優しさのお蔭で、嫌な気分もあっという間に吹き飛んでいく。

「シェリー、お待たせしました。どうぞ」

「ありがとうございます」

ノエル様がわたしの為に持ってきてくださったシャンパンは、今まで飲んだどんな飲み物よりも美《お》味《い》しかった。嬉しくて、飲み終えたグラスを買い取って持ち帰ろうか本気で悩んだくらいだ。

（あ、音楽が変わった。わたしの好きな曲だわ）

ふと顔を上げると、こちらを見つめていたらしいノエル様と視線が絡み、心臓が跳ねる。

柔らかく瞳を細めて微笑んだ彼は、やがて右手をまっすぐわたしへと差し出した。

「愛しいシェリー、俺と踊っていただけませんか？」
「……分かりました」

心の中で感激の涙を流しながら、ノエル様の手に自分の手を重ねる。

（こんなにも早く、ノエル様と踊りたいという願いが叶うなんて……！　ああ、神様。もう思い残すことはありません。本当にありがとうございます）

――昨晩、ホレスさんから話を聞いたノエル様が手を尽くしてくれただなんて知らないわたしは、幸せな奇跡に感謝しながら、甘く幸せな時間を過ごしたのだった。

舞踏会の翌日、早速わたしは気味の悪い手紙について両親に相談するため、実家を訪れていた。ノエル様との夢のような時間が終わった途端、再び恐怖心が襲ってきたのだ。

水魔法使いと言えども、わたしの魔力量は少なく戦闘向きではない。非魔法使い相手なら、多少なんとかなるかもしれないけれど、相手が魔法使いだった場合は難しいだろう。

『やはりただのたちの悪い悪戯ではなかったんだな……すぐに護衛をつけよう。仕事もしばらく休みなさい』
『仕事は続けたいんです。ちゃんと気をつけますから』
『でも、心配だわ。もしもシェリーに何かあったらと思うと……』

『職場でも一人にならないようにしますし、行き帰り以外は外出しないようにもします！』

全てを話すと、両親はとても心配をしてくれた。もちろん二人もあの手紙について知ってはいたものの、これまでは「実害がないから大丈夫」とわたしが言い張っていたのだ。

仕事も休んで実家にいるよう言われたけれど、なんとか説得し護衛をつけてもらう約束をした。

（職場にも迷惑をかけたくないし、何よりノエル様にだって心配をかけたくないもの）

そうしてお父様のツテで元騎士の土魔法使いという男性を護衛として雇い、陰ながら常にわたしを見守ってくれるようになった、けれど。

「最近、シェリーの周りをうろついている男がいますね。君も把握しているみたいですが、誰ですか？」

数日後の昼下がり、わたしはノエル様の部屋に呼び出され、笑顔で問い詰められていた。

心配をかけまいとノエル様には絶対見つからないようお願いしたというのに、護衛の存在はすぐにばれてしまった。

お父様からは密偵の経験もある信頼できる人物だと聞いているし、きっと護衛は悪くない。単に師団長まで務めるノエル様がすごすぎるだけだろう。

「……それは」

「何か俺に問題があるのなら、言ってくれませんか？」

「いえ、そういうわけでは」

気味の悪い手紙が届いただけで、まだ実害はないのだ。制約魔法がかかっている状態ではうまく伝えられるか心配だったため、余計に言い出せずにいた。

それでも、ノエル様に問題があるなんて思われるわけにはいかない。

ばれてしまった以上、正直に話すしかないと腹を括《くく》ったわたしは恐る恐る口を開いた。

「彼はわたしの護衛です」

「護衛？　何故そのようなものが必要なんですか」

「実は――……」

そうしてなんとか説明し終えた後、ノエル様は傷ついたような表情を浮かべた。

「……俺は、そんなに信用ありませんか」

そんなことはないと全力で否定したくても、わたしの口は「いいえ」なんて素っ気ない返事しか紡いではくれない。すぐに相談をしなかったせいだと思うと、胸が痛んだ。

「とにかく犯人が捕まるまでは安心できませんね。今後はなるべく、俺がシェリーの側にいます。俺が仕事の間は、こちらでも追加の護衛を用意しますので」

「そこまでしていただかなくても」

「これでも足りないくらいです」

咎《とが》めるような低い声に、慌てて口を噤《つぐ》む。

そしてノエル様は立ち上がると、ソファに座るわたしを後ろから抱きしめた。

(きゃああ！　ノ、ノエル様の吐息が、首筋に……！)

心の中で悲鳴を上げ続けるわたしの耳元で、ノエル様は「シェリー」と囁く。

「もしも君に何かあれば、俺はすぐに後を追います」

「えっ？」

「これからは、二人分の命を抱えていると思ってくださいね」

(ノエル様の命を、わたしが抱えて……!?)

本気でそう言っているわけではなく、それくらいの心構えでいろ、という意味であることはもちろん分かっている。

それでもノエル様の命を抱えているという想像をしただけで、わたしの全ての意識が変わった。

何がなんでも生きる必要がある。

(これ以上、ノエル様に心配をかけないようにしないと！)

その後、全財産をはたく勢いで護身用の魔道具を買い、仕事以外は屋敷に引き籠るようになった。

魔道具を全身に身に着けたまま仕事に励んでいた昼休み、休憩室でわたしはシーラと昼食をとりながら、貴族の噂話を中心にお喋りに花を咲かせていた。

貴族令嬢のわたしよりも平民の彼女の方が詳しく、いつも驚かされる。

「えっ、あの侯爵家にそんな話が……？」

「はい。噂なので、本当かどうかは分からないですけどね」

わたしは思わず食事をする手を止め、シーラの話に聞き入ってしまう。

そんな中、シーラはふと思い出したように「あ、そうだ」と呟き、グラスをテーブルに置いた。

「シェリー様って、セルヴィッジ侯爵令嬢をご存じですか？」

「えっ？　ええ。知っているというか、何というか……」

先日ノエル様と参加した舞踏会で、わたしに対して暴言を吐いたあの令嬢こそ、セルヴィッジ侯爵令嬢――マリアン・セルヴィッジ様だった。

彼女がどうしたのかと尋ねれば、シーラはきょろきょろと辺りを見回した後、顔を寄せてくる。

そしてわたしの耳元で、囁くように言った。

「なんでも、数日前に酷《ひど》い事故に遭われたらしいですよ。生きているのが奇跡なくらいだったとか」


「……よし、こんな感じかしら」

今日はこれから、二ヶ月ぶりにクラリスと会う予定だ。

わたしは鏡の前で身支度を整え、お気に入りの帽子を被《かぶ》ると広間へと向かった。もちろんノエル様には事前にしっかりと報告してあり、出かける前に一声かけてほしいと言われていたのだ。

午後から騎士団で仕事だというノエル様は、ソファに座り新聞を読んでいるところだった。

わたしに気づいたノエル様はすぐに立ち上がり、側へと来てくれる。

「愛しいシェリー、今日は一段と可愛いですね。護衛も増やしたので、楽しんできてください」

「ありがとうございます」

この屋敷で暮らし始めてから一ヶ月が経つけれど、ノエル様は相変わらず素っ気ない態度をとってしまうわたしに対し、顔を合わせる度に愛を囁いてくれていた。

まるで、少し前のわたしのように。

(こうして毎日ノエル様にお会いできるだけで本当に幸せだというのに、い、愛しいシェリー、可愛いだなんて言われてしまったわ……!)

浮かれきったまま馬車に乗り込むと、窓に映るわたしは口元が緩みすぎたあまり、相当だらしない顔をしていた。

こんな顔をノエル様に見せずに済んで良かったと、初めて制約魔法に感謝をしたくらいだ。

待ち合わせ場所である行きつけのレストランに到着すると、すぐに見慣れた黒髪を見つけた。

わたしはいつものように、笑顔で片手を振りながら側へ向かったのだけれど。

「クラリス、久し――」

「ちょっと！　私がたった二ヶ月間出張に行っている間にノエル様と婚約だとか一緒に住んでいるだとか、一体何が起きているのよ！　最初に手紙を読んだ時はさっぱり信じられなくて、流石のシェリーも現実と妄想の区別がつかなくなったのかと心配したんだからね！」

顔を合わせた途端、落ち着いた音楽が流れる静かな店内に、クラリスの捲《まく》し立てるような声が響き渡る。周りにいた客からの刺さるような視線を感じたわたしは、慌てて彼女の口を手で塞いだ。

「ちゃ、ちゃんと順番に話すから落ち着いて」

魔法省に勤めている彼女は、二ヶ月ほど隣国に出張に行っていたのだ。

出張先の手紙の送り先を聞いておらず、婚約の直後に【わたし、ノエル様と婚約したみたいなの。よく分からないけれど、死ぬかもしれない】とだけ書いた手紙を、彼女の実家に送ったきりだった。

今思い返すと意味が分からなすぎて、クラリスの反応も当然だと納得してしまう。

ひとまずクラリスの向かいに腰を下ろすと、いつもの二人分のコース料理を注文した。すぐに運ばれてきた水を一口飲み、一息吐いてから口を開く。

「実はね、あの後すぐにクラリスから聞いた例のテクニックを早速試してみたの」

「ああ、押して駄目なら引いてみる、っていう？」

「ええ」

制約魔法については一切話せないものの、あの本の通りに「引いて」みたところ、あっという間にノエル様から婚約を申し込まれ今に至るということを、簡潔に説明する。

あらためてこうして言葉にすると、奇跡だとしか思えない。

「嘘でしょう？　たったそれだけで、あのノエル様が？」

「わたしが一番信じられないわよ。六年も片想いしていたんだもの」

クラリスも信じられないといった様子だったものの、わたしがあのノエル様に突然婚約を申し込まれた理由など、他に思い当たらないのだ。

「まさか、そんなにも効果があったなんて……！　私もやってみようかしら」

「ええ、本当に恐ろしいほどの効き目だもの。教えてくれてありがとう」

クラリスはやがて、感心した顔でわたしを見つめた。

「そもそも、シェリーがノエル様に対して素っ気ない態度をとれたことが一番の驚きだわ。相当辛かったでしょう？」

「……ええ、そうね」

辛かったのではなく今現在も辛いとは言えるはずもなく、なんとか笑顔を作る。制約魔法が解けるまで、まだあと二週間ほどあるのだ。早くノエル様に好きだと伝えたくて仕方がなかった。

（こんな態度でも、ノエル様はとっても甘やかしてくださるんだもの。わたしも好きだと伝えたら、今よりも甘い雰囲気になったりするのかしら……!?）

そんな妄想をしてにやけてしまい、クラリスに「幸せそうで、なによりだわ」と笑われてしまった。

お喋りをしすぎていたせいで時間がかかったものの全ての料理を食べ終え、食後のお茶を飲みながらこの後のことを話し合っていると、クラリスは何かを思いついたように「あ」と声を上げた。

「ねえ、せっかくだし騎士団の見学に行きましょうよ！」

「えっ？」

「今日は確か一般公開日だし、シェリーも前から見に行きたいと言っていたじゃない」

ノエル様の所属する王国騎士団には二ヶ月に一度、一般公開日というものがあるのだ。誰でも騎士団本部にて、公開演習を見学することができる。

元々は騎士を目指す学生や子供向けに作られたものらしいけれど、今や騎士の男性目当てに女性達が押し掛けるイベントになってしまっている。

クラリスの言う通り、わたしは以前から見学に行きたいと言い続けていたものの、毎回公開日は仕事と重なっていて一度も行けずにいた。

遠目から見るだけなら余計なことを言ってしまう心配もないし、騎士の方々が大勢いる場所なのだから、この国のどこよりも安全な場所かもしれない。

「行きたい！　行くわ！　行かせてください！」

何より騎士姿のノエル様が見たくて堪《たま》らなかったわたしは、頭が取れそうな勢いで縦に振った。


「まあ、すごい人ね……！　空いている席はあるかしら」

時間は限られているため、急いで会計を済ませて馬車に乗り込んだわたし達は、騎士団本部へとやって来ていた。

観覧席は平民から貴族まで大勢の若い女性で溢れており、驚いてしまう。流行りの舞台のようだ。

「シェリー、あそこが空きそうよ」

「ええ、行きましょう！」

満席だったものの、帰ろうと立ち上がった女性二人組のもとへすぐさま向かい、なんとか一番後ろの端の席に座ることができた。

そして大勢の騎士達が実践形式で稽古をする競技場へと視線を向けたわたしは、すぐにノエル様の姿を見つけ、きゃあと高い声を上げた。

学生時代から長年その姿を見つめてきたわたしは、誰よりも早く彼を見つけられる自信がある。

「見て、クラリス！　ノエル様よ！」

「えっ？　どこ？　見つけるの早すぎない？」

「何を言っているの、あんなにも光り輝いているじゃない！　あそこよ！」

一際輝くノエル様は騎士服を身に纏《まと》い、他の騎士と激しく剣を交わしている。素人目《しろうとめ》でもはっきりと分かるくらい、その強さは圧倒的だった。あまりの迫力に息をするのも忘れ、見入ってしまう。

普段の穏やかなノエル様とはギャップのある姿に、破裂するのではないかというくらい心臓が激しい鼓動を打っていく。

わたしは胸の前でぎゅっと両手を組むと、感嘆の溜め息を漏らした。

「ま、まるで神話にでも出てきそうなくらいに素敵だわ……あの神々しさは一体……？　もしくはここは天国か何かなのかしら？」

「もう、婚約者の立場になってもシェリーは何も変わらないのね」

「もちろんよ！　ノエル様はいつだって本当に素晴らしい方なんだもの！」

苦笑しているクラリスの隣で必死にノエル様の勇姿を目に焼き付けていると、やがて手を休めた彼は観覧席へと視線を向けた。

（ああ、こちらを向いてくださったわ！　美しすぎるお顔がよく見える！　幸せ！）

「……えっ？」

ひたすら感激していたところ、不意に遠く離れた紫水晶の瞳と視線が絡んだ気がした。

（もしかして今、目が合った？　ううん、こんなにも人がいるんだし気のせいよね）

わたし達は一番見えづらい場所にいるのだ、勘違いに決まっている。自意識過剰っぷりに恥ずかしくなりつつも、ノエル様から視線を逸《そ》らせない。

するとノエル様はそんなわたしを見て、それはもう嬉しそうに微笑んだ。

（き、気のせいなんかじゃない……！）

間違いなくノエル様は、わたしのことを見てくれている。

その瞬間、心臓が握り潰されたような錯覚を覚えた。間違いなくわたしは今、一度死んだ。

やがてノエル様は近くにいた男性を呼んで何かを言うと、こちらへ笑顔を向け軽く手を振った後、再び稽古を再開した。

幸せの供給が限界を超え、両頬を手で覆ったわたしの口からは、声にならない叫びが漏れた。

「あなたもだけどノエル様もすごいわね、まさに愛の力じゃない。こうして幸せそうな二人を目の当たりにすると、胸に来るものがあるわ。本当に良かった」

「……ありがとう、クラリス」

わたし達の様子を見ていたらしいクラリスは、柔らかな笑みを浮かべた。

ノエル様を好きになってからずっと、彼女はなんだかんだわたしの側で応援してくれていたのだ。

優しさや嬉しさで、じわじわと心が温かくなっていく。

どうか彼女にも素敵な相手が現れますようにと祈っていると、視界に影が差した。

「シェリー・グラフトン様ですか？」

顔を上げた先には、先ほどノエル様が声をかけていた男性の姿があった。短く切り揃えられた紺色の髪が似合う爽やかな彼は、かなり背が高くがっしりとした身体付きをしていて、とても男らしい。

この感じ、クラリスの好みのタイプに違いない。

「アンダーソン師団長がぜひ、より近い席にご案内したいと。ご友人も一緒に」

「えっ？」

「そんな、私までよろしいんですか？」

頬を赤く染めてずいと前のめりになり、急に声のトーンが上がったクラリスに、わたしの予想が間違っていなかったことを悟る。これは間違いなく、狙いを定めた顔だ。

お言葉に甘え、わたし達は特別席へと案内してもらうことにした。

（……ふふ、ノエル様の婚約者だから特別なんですって。こんなにも幸せでいいのかしら）

案内してもらったかなり見晴らしの良い席から、あらためてノエル様を見つめる。先ほどよりもずっとその姿がよく見えて、大興奮してしまう。

ちなみにクラリスはというと、ここから少し離れたところで、先ほど案内してくれた男性と楽しげにお喋りを続けている。

相手の反応も良さそうで本当に来て良かったと、笑みがこぼれた。

「ねえ、君がノエルの婚約者？」

そんな中、蜂蜜色の金髪が印象的な男性に声をかけられた。

服装を見る限り、ノエル様の同僚の方だろう。年齢もわたし達とあまり変わらなさそうだ。

「はい、そうです。シェリー・グラフトンと申します」

「俺はチェスター・ファレル。ここでは一番ノエルと仲が良いんだ、よろしくね。いつも君の話を聞いていたから、なんだか初めて会った気がしないな」

彼はそう言って白い歯を見せて笑い、わたしの座る長椅子《ながいす》に腰掛けた。ノエル様の一番親しいご友人だと知り、失礼がないようにしなければと思わず背筋が伸びる。

（ノエル様がわたしの話をしてくださっていたなんて……どんなお話をされていたのかしら）

緩みそうになる口元をさりげなく片手で隠すわたしの隣で、休憩に入ったばかりだというチェスター様は「あー、疲れた！」と背もたれに身体を預け、両腕を伸ばした。

けれど何かを思い出したように身体を起こし、わたしに向き直る。

「そういや、婚約おめでとう！　大切なことを言い忘れていたよ」

「ふふ、ありがとうございます」

両手を叩いてお祝いしてくれたチェスター様は、心から喜んでくださっているようで、ノエル様ととても仲が良いことが伝わってくる。

彼は笑顔のまま、「でも、正直なところ」と続けた。

「俺はあと二年はかかると思っていたんだ。本当にすごいよな、あいつ」

「…………？」

「ノエルには元々魔法の才能があったけど、それ以上に血の滲むような努力をしていたからね。愛の力ってのは素晴らしいよ」

（あと二年？　愛の力？　一体なんの話かしら）

チェスター様の言っている意味がさっぱり分からず、わたしは笑顔を返すことしかできない。

「ノエルの師団長就任式の日なんて、同期と一緒に飲みに誘ったんだけど断られてさ。その足で君に婚約を申し込みに行ったたって、後から聞いたんだ」

「えっ？」

「どれだけ待ちきれなかったんだって、思わず突っ込んだよ」

そう言って可笑《おか》しそうに笑う彼とは裏腹に、わたしは戸惑いを隠せずにいた。初めて聞く話や分からないことがあまりにも多すぎて、何から尋ねれば良いのかすら分からないのだ。

「ええと、ノエル様とはいつからのお付き合いなんですか？」

「あいつが騎士団に入った日からだよ。俺はノエルより三日早く入ったんだ」

「そうだったんですね。その頃のノエル様って、どんな感じでした？」

「うーん、一日でも早く師団長になるために昨日学園を辞めてきたなんて言ってて、変なやつだと思ったよ。それもまさか女性がらみだなんて本当に驚いたな」

「……どういう、ことですか？」

そんなわたしの問いかけに対し、チェスター様は不思議そうに首を傾げる。

——学生時代、ノエル様はいつだって誰よりも努力していた。学園内でトップクラスの成績にもかかわらず努力を欠かさない彼に、どうしてそんなに頑張るのかと尋ねたことがある。

するとノエル様は嬉しそうに「幼い頃からの夢があるんです」と答えてくれたのだ。

夢を叶えるため、ずっと頑張ってきたのだと言っていたのに。

どうしてわたしは今までノエル様が突然学園を辞め、騎士団に入ったことを疑問に思わなかったのだろう。その理由だってもちろん、考えたことなどなかった。

だんだんと心臓が大きく嫌な音をたて、早鐘《はやがね》を打っていく。答えを聞くのが、怖くなる。

「だから、君と結婚する為にノエルは文官になる夢を捨てて、騎士になったんだろう？」

――頭の中が、真っ白になった。

第四章　夢の末路

「シェリー様、ご夕食はどうされますか」

「……ごめんなさい、食欲がなくて」

　ドア越しに返事をすると、執事のホレスさんは何かあればすぐに声をかけてほしいと言ってくれた。

　その声色《こわいろ》からは心配をしてくれているのが伝わってきて、申し訳なさで胸が痛む。やがて部屋の前から足音が遠ざかっていき、わたしは再びベッドに倒れ込んだ。

　――騎士団本部から帰宅してからというもの、わたしは自室に籠《こも》り続けている。

　どんな顔をしてノエル様に会えばいいのか、分からなかった。

『だから、君と結婚する為にノエルは文官になる夢を捨てて、騎士になったんだろう？』

　先ほどのチェスター様の言葉が、脳裏にこびり付いて離れない。

（本当にわたしのせいで、ノエル様が……？）

　わたしと結婚するために、なぜノエル様が夢を捨てる必要があったのかは分からない。

　けれどノエル様が突然学園を辞めた前日、二人きりで言葉を交わしていたのも事実だった。

『ノエル様以外の方を、好きになれる気がしないんです』

『……本当に、そう思っているんですか』

『はい、もちろん！　一生ノエル様だけです』

思い返せば、プロポーズにも似た言葉だった。

もちろん、ノエル様を遥《はる》か遠い存在だと思っていたあの頃のわたしにそんなつもりなんてなく、いつも彼に伝えていた「好き」の延長くらいにしか考えていなかった。

（けれどもしノエル様があの時にはもう、わたしのことを好いてくれていたとしたら）

（あの瞬間、この先ずっとわたしと生きていくことを決めたのだとしたら）

わたしのために夢を捨てたとしても、おかしくはない。

「……っ」

けれど当時のわたしがそんなこと、想像できるはずもなかった。

『その言葉、忘れないでくださいね』

ノエル様は一体どんな気持ちで、わたしにそう告げたのだろう。

わたしの何気ない言葉がノエル様の人生を変えてしまったなんて——わたしなんかのためにノエル様が夢を捨ててしまったなんて、信じられるはずがなかった。信じたくなかった。

そして、気づいてしまう。

（——わたしはあの日、ノエル様になんて言った？）

幼い頃からの夢を捨てて騎士になり、血の滲《にじ》むような努力をして師団長にまで上り詰め——就任式を終えたその足で、婚約を申し込みに来てくれたというのに。

『先ほどの婚約の話ですが、受けてくれますか』

『嫌だと言ったらどうするんです？』

『――俺の事が、好きじゃなくなったんですか』

『そうかもしれませんね』

（わたしは、何を――……）

「……っそんな」

血の気が引いていき、手足が震え、体中から体温が失われていく感覚がする。

『一生俺だけだという言葉を、ずっと信じていたんですよ』

『俺は、シェリーの為にここまで来たのに』

今更になって、ノエル様の言葉の本当の意味を理解した。

「わたし、なんてことを……」

両目からは涙がぽろぽろと零《こぼ》れ、枕にはいくつも染みができていく。

制約魔法なんてものに頼り、一人で空回《からまわ》りをして、こんなにもわたしを想ってくれていたノエル様をあんなにも傷つけてしまったのだ。

告白をされ婚約者になり、舞い上がっていた自分の愚かさに吐き気がする。

『俺が悪いのは分かっているんです。君に甘えて安心しきっていた、俺が悪い。もっとできることはあったはずなのに』

『それでも、もう一度君に笑いかけてもらいたい、好きになってもらいたいと思ってしまうんです』

『シェリー、愛しています』

それなのにノエル様はわたしではなく自分を責め、未だに愛していると言ってくれているのだ。

どうしてそこまでわたしを想ってくれるのかは分からない。

それでもやっぱり、嬉《うれ》しいと思ってしまう自分が嫌になる。

「……っう……ひっく……」

気がつけば、わたしは声を上げて泣いていた。

（ノエル様にわたしは相応《ふさわ》しくない。愛される資格なんてない、のに……）

きっと数ヶ月前なら大人しく身を引き、ノエル様の幸せを願えただろう。

——けれど今は、知ってしまった。ノエル様に愛される喜びも、触れられる幸せも。たくさんの感情をもう、知ってしまったのだ。

ただ遠くからその姿を眺め、たまに話をするだけの関係になど戻れるはずがなかった。

二ヶ月前に制約魔法なんてかけなければ、今頃は好きだと伝えられていたのに。こんなにもノエル様を傷つけることなんて、なかったのに。

（好きだと伝えられないことが、辛《つら》くて悲しくて、苦しくて仕方ない）

こうして今になって悔やんだところで、何も変わらないことは分かっている。けれど今のわたしには自分を責め、後悔し続けることしかできなかった。


あれ以来、わたしは部屋から一歩も出られなかった。

食欲は全くなくホレスさんが持ってきてくれた食事も、ほとんど手をつけられていない。ただひたすらノエル様のことを想い、後悔し、涙する日々だった。

(これ以上、ノエル様を傷つけてしまうのが怖い)

顔を合わせる勇気が出ず、ドアの前に行くと足が震えてしまう。

仕事に関しては、溜まっていた特別休暇を消化させてもらっている。とは言え、シーラあたりに皺《しわ》寄《よ》せがいっているに違いない。

わたしは本当にどうしようもない人間だと、消えてなくなりたくなる。

そんな中、不意に室内にノック音が響き、びくりと身体《からだ》が跳ねた。

「シェリー、具合はどうですか？」

「……すみません、まだ良くなくて」

「俺にできることは何かありませんか？」

体調が悪く病気をうつしてしまっては困るからと言い訳しているわたしに、ノエル様は毎日ドア越しに声をかけてくれている。

その度に、申し訳なさで胸が押し潰されそうになる。

「ここ数日、顔も合わせてくれないのは本当に体調が悪いだけですか？」

「……っ」

「今日、チェスターと会って話をしました。彼が君と話をしていたことは知っていましたが、その内容までは聞いていなかったんです。……すべて直接、俺が話すべきことでした。戸惑わせてしまいましたよね。本当にすみません」

ノエル様が謝ることなんて、何ひとつない。

全て悪いのはわたしだと伝えたくても、口を開くのが怖かった。

「――顔も見たくなくなるほど、迷惑でしたか」

何も言えずにいるわたしのせいで、ノエル様は今にも消え入りそうな声で、そう呟《つぶや》く。

（わたしはまた、こうしてノエル様を傷つけてしまう）

今ノエル様と話をしたところで本当の気持ちは何ひとつ伝えられず、冷たい態度をとってしまうのは目に見えている。

「シェリー、お願いです。どうか出てきて、俺の話を聞いてくれませんか」

それでも必死に訴えかけてくるノエル様を、これ以上避けることなんてできそうにない。

わたしは小さく深呼吸をすると、震える手でそっと部屋のドアを開けた。

◇◇◇

静かにドアが開き、数日ぶりに少し窶《やつ》れたシェリーの顔を見た瞬間、思わず抱き寄せていた。

「出てきてくれてありがとう。たった三日、君の顔を見なかっただけで気が狂うかと思いました」

月に一度会えるだけで満足していた頃なんて、もう思い出せない。

この数日間、朝から晩までシェリーのことを考えていた。

(どうして、こんなにも愛しいんだろう)

気がつけば俺の世界の中心は、いつだってシェリーになっていた。

「……ごめん、なさい」

彼女が何に対して謝っているのか、俺には分からない。シェリーに悪い所など何ひとつないと伝えれば、彼女の瞳は悲しげに揺れた。

少しだけ冷たい手を引いて自室へと移動し、ソファに座るよう勧める。彼女の好きなフルーツティーを用意した後、テーブル越しに向かい合うようにして俺も腰を下ろした。

シェリーの目元は赤く腫れていて、ずっと泣いていたと思うと胸が張り裂けそうになる。

どこから話そうかと考えながら、今まで俺は大切なことを何ひとつ彼女に伝えていなかったのだと思い知っていた。

「両親の話からしてもいいですか」

彼女は小さく頷《うなず》いてくれ、俺は息を吐《つ》くと、あらためて口を開いた。

「……母は、とても心の弱い人でした」

母と呼んでみたものの、彼女を母だと思ったことは一度もない。

俺を育ててくれたのは乳母や使用人であり、彼女との家族らしい思い出など一切ないのだから。

「母は十六歳の時に初めて参加した夜会で、酒に酔った父に声をかけられたそうです。酒の勢いで嫁に来てほしいと言った父の言葉を、箱入り娘だった母は鵜呑《うの》みにしました」

父はかなり酒に弱く悪酔いをしてしまうため、日頃から絶対に飲まないようにしていた。

けれどその日は、悪ふざけをした友人達によって無理やり飲まされてしまったのだという。

翌朝、目が覚めて記憶もなかった父は、母の存在すら覚えていなかった。

「父は本当に綺麗《きれい》な顔をしていましたから、母は一瞬で恋に落ちたそうです。運命の人が現れたと、嬉しそうに周りに話していたとか。けれど待てど暮らせど、婚約の申し込みは来ない。やがて父に結婚をするつもりなどなく、将来を誓う恋人がいることを知りました。初めて会った日からずっと父に思いを馳《は》せていた母はやがて心を病み、体調を崩してしまった」

父も母も、誰よりも美しい顔をしていた。彼らに唯一感謝していることがあるとすれば、見目《みめ》良く生んでくれたことくらいだろう。

シェリーはこの顔を綺麗だと、素敵だといつも言ってくれていたのだから。

「当時、侯爵だった祖父は大切な娘を弄ばれたと怒り、責任を取れと父に詰め寄りました。結局父は逃げ場がなくなり、押し切られる形で婚約が決まってしまったんです」

たった一度、酒の勢いで言った記憶もない一言が人生を狂わせたのだ。

父は後悔してもしきれなかっただろう。

たとえ口約束だったとしても、可愛《かわい》い一人娘が心身共に病んでしまった祖父の怒りは相当だったという。当時のアンダーソン伯爵夫妻も、必死に父を説得したと聞いている。

「やがて二人は結婚し、俺が生まれました。けれど父は元恋人のことが忘れられず、母や俺に対して愛情を抱けないようでした。いつか父の愛を得られると思っていた母は、少しずつ壊れていきました。常に父の浮気を疑ってはヒステリーを起こし、妄言を吐き続け、自傷行為までして」

母が俺を産んだのも、跡取りを欲しがった父のためだ。母にとっての俺は、父の気を引くための道具でしかない。

まだ幼い頃は、髪を振り乱して訳の分からないことを口走り、時に狂ったように笑い続ける母の姿が恐ろしかったのを覚えている。あれから自分が生まれてきたなんて、信じたくもなかった。

「やがて父はそんな母を見捨て、家を出て元恋人のもとへと行きました。母は魂が抜けたように虚《うつ》ろになり、父に似ている顔を見るのが辛いと言って、俺を避けるようになりました。そして俺が成人したのを機に逃げるように屋敷から出て行き、それからは一度も会っていません」

愚かな母はきっと、今も父の愛を求めているのだろう。

一度だけ、どうしてそんなにも父が好きなのかと尋ねたことがある。

『もう、理由なんて分からないわ』

そう言って泣き出しそうな顔で微笑《ほほえ》んだ母のことを、当時の俺は理解できなかった。

（けれど、今なら分かる）

母が抱える執着に似た愛の形はきっと、俺がシェリーに対して向けているものと同じなのだろう。

「本当に父は、どうしようもない男なんです」

母と俺から逃げた父はどこまでも自分勝手で、弱い人間だった。そして、父親らしいことなど何ひとつしなかったくせに、都合のいい時だけ父親面をして俺を利用するのだ。

「そんな両親を見てきた俺は、誰のことも好きにならないと誓いました」

愛や恋などくだらない、無駄でしかない。

そんな感情を抱き、愚かになる自分を見たくなかった。

（何より母や父のように、誰かを傷つけたくなかったのかもしれない）

だからこそ、自分にそう言い聞かせて生きてきたのに。

「――けれど俺は、君を好きになってしまった」

ずっと黙って聞いてくれていたシェリーの瞳が、驚いたように大きく見開かれる。

俺は誰かを、彼女を好きになるつもりなんてなかった。

『ノエル様、今日も大好きです！』

けれどシェリーは少しずつ俺の中に入り込んできて、いつしか彼女で満たされてしまった。

恋情とは理屈でどうにかできるものではないのだと、身をもって思い知らされた。

「俺は父が選んだ相手と婚約することが決まっていました。シェリーと一緒になりたいといくら頼んだところで、父が許してくれるはずがない」

父は誰よりも、損得勘定でしか動かない人間だ。

そんな父に対して俺が唯一切れる交渉のカードが、騎士になることだった。

「父が騎士に憧れていたのは、祖父母から聞いて知っていました。魔力をもたない父は何度も試験を受けては落ち、やがて諦めたそうです。俺の魔力量の多さを知った父に騎士になるようにと言われたこともありましたが、母方の祖父母が父を止めてくれ、俺は自分の夢を追うことができていました」

どうしてお前がと俺を睨《にら》み、悔しそうに呟いていた父の姿を思い出す。

騎士というものが何なのか理解すらしていなかった幼い息子に嫉妬《しっと》してしまうほど、父にとっては憧れだったのだろう。

「だからこそ、俺が騎士になると伝えた時には、初めて父の心からの笑顔を見た気がしました。そしてその代わりに、シェリーとの婚約を認めるよう頼んだんです」

父が果たせなかった夢を息子が代わりに叶《かな》えるなど、何も知らない他人が聞けば美談に違いない。

父は悩みながらも結局、首を縦に振った。

「すぐに辞めてしまっては困ると思ったんでしょう、師団長になるまで婚約は認めないと言われたんです。自身の経験からか、それまでは君に好意を伝えることも禁じられました」

それでも、そんな条件を呑《の》むくらい俺には自信があった。

たとえ想いを伝えられなくても、シェリーはずっと俺を好きでいてくれるだろうと、信じて疑わなかったのだ。今思えばあまりにも傲慢《ごうまん》で、独りよがりな考えだった。

「けれど両親を見ていた俺は、好意を言葉にするのが怖くなっていたのかもしれません。好きだと伝えて約束を果たせなかった時に、君の人生を変えてしまうのが怖かった。だからこそシェリーからの好意に甘え、父との約束のせいにして俺は何もせずにいたんです」

結婚適齢期の女性にとって、三年という月日はとても長かっただろう。

シェリーの気持ちが変わってしまうのも当たり前だ。

（そう、すべて俺が悪い。今更遅いことだって分かっている。それでも――）

ソファから立ち上がって彼女の側へと向かい、目の前で跪《ひざまず》き、そっと手を取る。

「シェリー、愛しています。一生、君だけです」

いつの間にか彼女の美しい茜色《あかねいろ》の瞳からは、ぽろぽろと大粒の涙が溢れ出していた。

◇◇◇

「……シェリー？」

堪《こら》えきれず泣き出してしまったわたしを見て、ノエル様は心配そうな表情を浮かべている。

初めて聞いた彼の過去はあまりにも辛くて寂しくて、悲しいものだった。

そして自分がどれほど彼に想われていたのかも知り、嬉しさと罪悪感で胸が押し潰されそうになる。

思わず小さな声で「ごめんなさい」と呟けば、ノエル様は困ったように微笑んだ。

「どうして君が謝るんですか」

「わたしの、せいで……」

ノエル様はわたしのせいで、子供の頃からの夢を捨てることになってしまった。

その上、心ない態度をとり続けているわたしに、あの日伝えた言葉をくれたのだ。

『一生、君だけです』

それはどんな言葉よりも、わたしの心に響いていた。

（わたしも一生、ノエル様だけ――今もずっと、ノエル様のことが大好きです……！）

制約魔法が解けた後には、きちんと全てを話すつもりだ。

優しいノエル様だって怒るだろうし、こんなわたしに愛《あい》想《そ》を尽かすかもしれない。それでも、何回でも何十回でも謝ろうと思う。

そしてその何百倍も彼に好きだと伝えようと、心に誓った。


引き籠っていた数日で少し窶れてしまったせいか、ノエル様はどんなに忙しくとも毎日一緒に食事をとってくれていて、食卓にはわたしの好物ばかり出てくるようになった。

時には手ずから食べさせてもらうこともあり、心臓がいくつあっても足りなさそうだ。

「シェリーは明後日も休みでしたよね？　君さえ良ければ、二人で出かけませんか」

食後のデザートを食べている最中、ノエル様はそんなお誘いをしてくださった。

（二人でお出かけ……はっ、まさかデートのお誘いでは……？）

制約魔法が解けるまで残り一週間、なるべく大人しくしていたい気持ちはある。

けれどわたしがノエル様からのお誘いを断るなんてこと、できるはずがなかった。

「もちろん、シェリーのことは俺が必ず守ります」

「仕方ありませんね」

「ありがとうございます。楽しみにしていますね」

相変わらずの態度のわたしにも、ノエル様は微笑みかけてくれる。

（もう、本当に可愛げがないんだから！　けれどノエル様とデートだなんて、楽しみすぎる……！）

どこへ行くのだろう、何を着ていこうかなんて考えては胸を弾ませた。


そして迎えた、ノエル様とのデート当日。

「どう？　変じゃないかしら」

「はい。とても素敵ですよ」

早起きをしたわたしは気合を入れて目いっぱいお洒落《しゃれ》をし、メイド達と最終確認をしていた。

全身鏡の前に立つとミントグリーンのドレスの裾を翻《ひるがえ》し、くるりと回る。シンプルだけれどシルエットがとても綺麗で動きやすく、街中でのデートにはぴったりだろう。

花と真珠の飾りがついた帽子を被《かぶ》り、自室を出て玄関ホールへと続く階段を降りていく。

そこには既にノエル様の姿があり、わたしを見るなり花が綻《ほころ》びるように微笑んだ。

「今日はいつも以上に可愛いですね。ありがとうございます」

「いえ」

（ああ、今日も本当に強力な魔法だこと！　それにしてもノエル様こそ、絵本から飛び出してきた王子様のように麗しいわ。眩《まぶ》しすぎて直視できないもの）

それからはノエル様にエスコートされて馬車に乗り込み、王都の街中へと向かった。

手を繋《つな》いでウィンドウショッピングをしたり、流行《はや》りの舞台を観《み》たり、普通の恋人のようなデートが楽しくて、幸せで仕方ない。

「舞台、とても面白かったですね。ラストは感動してしまいました」

「そうですか」

「続編もあるそうなので、また一緒に観に行きましょう」

「ええ」

相変わらずわたしは素《そ》っ気《け》ない態度しかとれないものの、ノエル様の楽しそうな様子や、次も誘っていただけたことにより安堵《あんど》してしまう。

「実はこの後、行きたい店があるんです」

「構いません」

「ありがとうございます。先日、君に似合いそうなものを見つけたんです」

そうしてノエル様に連れられて向かったのは、高級アクセサリーを取り扱うお店だった。

(ど、どれも値段が、わたしの行くようなお店よりゼロがひとつ多い……こんなにも素敵なお店に、わたしに似合うものなんて本当にあるのかしら?)

ずらりと並ぶとんでもない値札に内心冷や汗をかきながら、慣れたように店内を歩くノエル様の後を付いていく。

「アンダーソン様、お待ちしておりました」

やがて奥の部屋へと案内され、大きな鏡の前に座らされる。

「思った通り、よく似合っています」

「……そうでしょうか」

そして店員の女性によって、美しく光り輝くアメジストのネックレスが着けられた。

(なんて綺麗なのかしら……! それに、ノエル様の瞳にとてもよく似ているわ)

ノエル様は満足げに微笑むと、すぐに購入を決めてしまった。こんな高価なものは受け取れないと何度言っても、「俺が着けていてほしいんです」と言って聞く耳を持ってはくれない。

結局、身に着けたまま店の外へ出てきてしまった。

「ありがとうございました」

「いいえ、身に着けてくれると嬉しいです」

（一生、肌身離さず身に着けます！　わたしの人生で一番の宝物だわ）

気がつけば王都の空は既に赤く染まり始めていて、そろそろ屋敷へと戻る時間かと思うと、寂しくなってしまう。楽しい時間はあっという間だというのは本当だと実感する。

するとノエル様は再びわたしの手を掬《すく》い取り、ふわりと微笑んだ。

「あと一箇所だけ、シェリーと行きたいところがあるんです」

「どこでしょうか」

「俺の大切な場所ですよ」

（ノエル様の、大切な場所……？）

見当もつかないけれど、そんな場所へ連れて行ってもらえることが何よりも嬉しい。

再び馬車に乗り込み、着いたのは王都の外れにある小さな森だった。

「足元に気をつけて。もしも歩くのが辛ければ、俺が抱いて歩きますよ」

「結構です」

（ひれ伏して頭を下げてでもお願いしたいのに、頷くことすらできないのが悔しすぎる……！）

そんなことを考えながら、小道を抜けた先にある小さな丘を手を繋いだまま登っていく。

やがて頂上へ辿《たど》り着いたわたしは、思わず息を呑んだ。

「綺麗……」

「とても綺麗な夕焼けでしょう？　どうしても君に見せたかったんです」

そう言って微笑むノエル様の向こう側には、美しく色鮮やかな茜色の空が広がっていた。

「辛い時はいつも、ここに来ていました」

ノエル様は懐かしそうに瞳を細めながら、夕空を見上げている。

その横顔は幻想的な景色《けしき》と相まって、この世のものとは思えないほど綺麗だった。

「辛いことがあって逃げ出したくなっても、ここへ来てこの空を見られた日には、まだ頑張れる気がしたんです」

――わたしは、知らなかった。ノエル様が騎士団に入団した当初、貴族令息だから特別扱いされていると周りからの風当たりが強かったことや、厳しい訓練についていけず辛い思いをしていたこと。

それでもわたしとの未来のため、努力を重ね続けてくれたことを。

「ここから見える美しい景色は全て、君の色ですから。シェリーとの未来を想えば、どんなことも耐えられました」

（ノエル様にはわたしの瞳が、こんなにも美しく色鮮やかな茜色に見えているの？）

照れたように微笑むノエル様を前に、わたしは自分が彼の支えになっていたことや、どれほど愛されていたのかをあらためて知り、泣きたくなるくらいの幸せを感じていた。

「愛しています、シェリー」

　そしてそんなわたしに、ノエル様は今日も変わらず愛を囁《ささや》いてくれたのだった。


　帰宅後、ベッドに倒れ込んだわたしは幸せな気分に包まれながらも、あらためて過去の自分の行いを反省していた。

　ノエル様がわたしを好いてくださっていることは分かっていたけれど、その想いの大きさを知り、どれだけ彼を傷つけてしまったのかと思うと、心が痛んだ。

　辛い環境の中でも、ノエル様はわたしとの未来を胸に努力を重ねてくれていたというのに。

（その間、わたしは何をしていたの？　ただ好きだと言って、勝手に傷ついていただけじゃない）

　わたしはノエル様と一緒にいるために、行動を起こすことすらしていなかった。身分や能力のせいにしては諦めていただけ。

　その上、いざ行動を起こした結果、制約魔法なんかに手を出してしまったのだ。

　本当に愚かでどうしようもない自分に、心底嫌気が差す。

　わたしは間違いなくノエル様には相応しくない。

（それでも、ノエル様はこんなわたしを好きだと言ってくれているんだもの）

ただ悔やんでばかりいても、仕方がない。これからは変われるよう、ノエル様の隣に立って恥ずかしくない人間になれるよう、精一杯努力したいと思った。

「……よし」

抱きしめていた枕を離し身体を起こすと、立ち上がる。

（とにかく、まずはこの制約魔法をどうにかしないと！）

いくら心を入れ替えようとしたところで、今のままでは大好きなノエル様に対し、心ない言葉を吐いてしまうことに変わりはないのだ。

本来ならもっと行動すべきだったというのに、浮かれきって甘えていた自分が恨めしい。

早速行動を起こそうと、再びジェイルズ様のもとへ行くことにした。

「どうにか、今すぐに解く方法はないんでしょうか？」

「申し訳ありませんが、効果期間が過ぎるのを待っていただくほかないのです。それほどに強い魔法だと事前にご説明しております」

店を訪れてすぐ、受付の女性にぴしゃりとそう言われ、わたしはがっくりと肩を落とす。

「正反対の内容を重ねがけしてもらうとかは……」

「不可能です」

その後も色々と尋ねてみたものの無理らしく、大人しく店を後にする。

「……やっぱり、どうしようもないのかしら」

制約魔法の効果期間中は「制約魔法」という言葉を口に出すこともできないため、誰かに相談したり協力してもらったりすることもできない。

わたし一人でできることなど、限られているというのに。

意味はないと分かっていても何もせずにいるのは落ち着かず、その後も図書館へ行き、制約魔法について調べて過ごした。——もちろん、何の成果もなかったけれど。

第五章　愛の形

「こうしてたまに街中を通るのも賑《にぎ》やかでいいですね。ノエルはよくここへ来るのですか？」

「人混みが苦手なのでたまに来る程度でしたが、最近は少し好きになりました」

馬車の窓から外を眺めながら、大神官であるルーファス様は穏やかな笑みを浮かべた。

腰まで流れる純白の髪が太陽の光を受けて輝き、柔らかく細められた金色と藍色のオッドアイが、その神々しさをさらに引き立てている。

初めてルーファス様の姿を見た時には、その美しさに思わず息を呑《の》んだ記憶があった。

身に纏《まと》う細かな金の刺繍《ししゅう》が施された白いローブの胸元では、金細工で作られ、中心に青い宝石が嵌《は》め込まれた装飾品――神殿を象徴する紋章が煌《きら》めいている。

「そうですか。ぜひ次も同行してくださいね」

「はい」

今日は朝から、王都から少し離れた神殿へと移動するルーファス様の護衛にあたっていた。

大勢の騎士がいる中、ルーファス様は俺を一目見た時から気に入ってくださっているようで、こうして護衛に指名されることも少なくない。

我がラザフォード王国は王政が敷かれているが、王都にある中央神殿の最高位である大神官は世襲制で、国王に次ぐほどの権力を持っているのだ。

本来ならもっと高位の騎士が側につくべきなのだが、ルーファス様は全く気にしないようだった。

もちろん馬車の周りには俺以外にも大勢の護衛がおり、万全の警備体制ではある。

（あれは……シェリー？）

ふと何気なく俺も窓の外へと視線を向けてみたところ、人混みの中にシェリーの姿を見つけた。

彼女は先日一緒にいた同僚の女性とともに、楽しげに喋《しゃべ》りながら歩いている。毎日顔を合わせているはずなのに、こうして少し見かけただけでも嬉《うれ》しくなった。

「ノエルの知り合いですか？」

「ええ、婚約者です」

じっと彼女を見つめていたせいか、ルーファス様もシェリーの存在に気がついたらしい。

ルーファス様はシェリーへと視線を向けると、すぐに口元を綻《ほころ》ばせた。

「明るい綺麗《きれい》な色をしています。きっと素敵な方なんでしょう」

「はい。とても」

「ふふ、ノエルもそんな顔をするのですね」

――ルーファス様は何もかもを見通す特別な瞳を持っており、魔法やその人間の特性が色となって見えるのだという。シェリーは太陽のような眩《まぶ》しい色をしているらしく、納得してしまう。

俺は真面目《まじめ》で誠実な色をしている、だから好ましいのだとも以前言っていた。

そんな中、シェリーを見つめたままのルーファス様は小さく首を傾《かし》げた。

「ねえ、ノエル。君の婚約者は何故、制約魔法なんてかけているのですか？」

「……制約魔法、ですか？」

「ええ。それもかなり強力なものですよ」

制約魔法については、学生時代に学んだことがあった。

とは言え、かなり貴重なものであり使える魔法使いは少ないため、馴染《なじ》みはない。

（シェリーが何故、そんな魔法を……？）

疑問は尽きないものの、ルーファス様が言うのだから間違いないのだろう。

けれど彼女からはそんな話、一度も聞いたことがなかった。

「誰かに一方的にかけられたという可能性は？」

「あの色は、同意の上でかけられたものでしょう。かなり強力ですから」

嫌な予感がして黙り込んだ俺を見て、ルーファス様は困ったように眉尻を下げた。

「すみません、彼女にも事情があるのでしょう。今のは忘れてください」

「…………」

とにかく仕事を終えて帰宅したら、彼女に直接聞いてみよう。そう、思っていたのに。

——その日、シェリーは俺の前から姿を消した。

◇◇◇

首元で輝くノエル様にいただいたネックレスを見る度に、つい口元が緩んでしまう。

制約魔法が解けるまで、あと三日。結局、解く方法は見つからなかったものの、本当に長かったこの三ヶ月がやっと終わると思うと、涙が出そうになる。

（ようやくノエル様に好きだと伝えられるわ！　呆《あき》れられるくらい、毎日好きだと伝えなきゃ）

傷つけてしまったことをしっかり償い、これからもノエル様に全力で愛を伝えていこうと誓う。

「シェリー様、また一人で百面相してますよ！」

「あっやだ、ごめんなさい。つい」

ノエル様のことを色々考えているのが、顔に思いきり出てしまっていたらしい。

「ふふっ、先に戻っていますね」

「ええ、わたしもすぐに向かうわ」

シーラとともに街中での調査を終えて研究所に戻ってきたわたしは廊下で彼女と別れ、上着をしまおうと更衣室へ足を踏み入れた、けれど――。

「――どう、して」

見覚えのある封筒が挟まった戸棚を見た瞬間、浮かれていた気持ちは一瞬にして失われた。

間違いなく例の手紙だろう。喉を締めつけるような恐怖に、全身がこわばる。

（……大丈夫、今日もお父様やノエル様が雇ってくださった護衛がついているもの）

それでも必死に大丈夫だと自分に必死に言い聞かせ、小さく深呼吸をして封筒を手に取る。

恐る恐る封を開けると、前回とは違い入っていた便箋は一枚だけだった。

「ひっ……！」

ほんの少しだけ安堵《あんど》したのも束の間、その中身を見た瞬間、わたしは声にならない悲鳴を上げ、手紙を床に投げ捨てていた。

【もうすぐ、君を迎えに行きます】

そこにはたった一文だけ、真っ赤な字でそう綴《つづ》られていたからだ。

（こんなの、攫《さら》いに来ると言っているようなものじゃない……！）

ぞわぞわと背中から、言いようのない恐怖が這《は》い上がってくる。

立っているのもやっとだったわたしは、震える足でなんとか皆のいる仕事場へと逃げ込んだ。

「シェリー様？　どうされたんですか？」

「酷《ひど》い顔色よ、まさかまた……！」

普通ではないわたしの様子に、同僚達が心配げな様子ですぐに駆け寄ってきてくれる。

その後はとても仕事ができるような状態ではなく、所長に事情を話したところ早退を勧められた。

「しばらく仕事を休んでも構わないからね。無理はしないように」

「……ご迷惑をおかけして、すみません」

「君は悪くないさ、本当に気をつけるんだよ。それにしても、一体どこから入ったんだろうな」

所長は眉を寄せ「うーん」と唸《うな》り声《ごえ》を上げた。前回の手紙が届いた際にも報告したことで、警備を強化してくれていたらしい。

監視用の魔道具を確認してもらっても、部外者が入り込んだ形跡はなかった。

（それなら一体どうやって研究所の中に入ったというの？　本当に気味が悪くて、怖い……）

「シェリー様、本当に気をつけてくださいね」

「ありがとう。ごめんね」

「いえ……本当に酷い顔色ですよ。ゆっくり休んでください」

迎えの馬車をすぐに呼んでもらい、外まで付き添ってくれたシーラに見送られながら、お父様に頼んだ護衛の男性とともに馬車へと乗り込む。

普段は姿を隠してもらっているけれど、今は側に誰かがいないと不安で仕方なかった。

「グラフトン男爵には早馬を出しておきました。アンダーソン様への報告はどうされますか？」

「……ノエル様には、帰宅後にわたしからお伝えします」

護衛の男性にそう伝え、わたしは震える両手をぎゅっと握りしめた。

ノエル様は今日、とても大事な任務があるから遅くなると言っていたのだ。今連絡をしては心配をかけてしまうだろう。

（どうか、早く帰ってきてくれますように）

そう祈りながら伯爵邸へと向かう馬車に揺られ、半分ほどの道のりが過ぎた時だった。

「つきゃつ……な、なに……？」

突然、大きな音とともに馬車が左右に激しく揺れたのだ。苦しげな馬のいななきが響き、事故にでもあったのだろうかと、慌てて顔を上げる。

「シェリー様！　動かないでくださ——」

そう聞こえた瞬間、耳をつんざくような爆音が広がるのと同時に、目の前にいたはずの男性が視界から消えた。急停止した馬車は大破しており、目の前には外の景色《けしき》が広がっている。

何が起きているのか、わたしにはもう分からなかった。

あまりの恐怖に、声を出すことも指先ひとつ動かすことすらできない。

（あの人たち……みんな、わたしの護衛についていた……）

もはや元の形を保っていない馬車の周りには、ノエル様が用意してくれた護衛である数人の男性が倒れていた。彼らの周りにじわりと広がっていく赤い染みに、ひゅっと息を呑む。

この状況でわたしだけが無事なのが、明らかに不自然だった。

もう、逃げようとも、逃げられるとも思わなかった。

「——」

せめて怪我人《けがにん》の手当てをと震える足で立ち上がろうとしたところ、背後から伸びてきた手に口元を布で覆われ、ぐらりと視界が揺れる。

　そして、わたしの意識はそこでぷつりと途切れた。


「……う」

　ゆっくりと瞼《まぶた》を開けると、薄暗い視界には見覚えのない天井が広がっていた。ずきりと痛む頭を片手で押さえながら、横たわっていたベッドから身体《からだ》を起こす。

（そうだわ、馬車に乗っている時に襲われて……）

　ぼんやりと部屋の中を見回しているうちに、何者かに襲われたことを思い出したわたしは、震え出す身体を両腕でぎゅっと抱きしめた。

　わたしをここへ連れてきたのは、あの手紙の差出人に違いない。

（……ノエル様もお父様もわたしが攫われたことに気がついて、今頃探してくれているはずだもの。すぐに助けに来てくれるわ）

　必死に自分にそう言い聞かせ、落ち着こうと小さく深呼吸を繰り返す。

　けれど、ノエル様が用意してくれた護衛は腕の立つ騎士だったのだ。それにもかかわらず、一瞬で全員を倒してしまうほどの能力を持った人物が犯人だと思うと、余計に恐怖が増していく。

（とりあえず、自由に動けそうだけれど……）

幸いわたしには怪我もなく、手足を拘束されてもいない。

立ち上がり持ち歩いていた防犯用の魔道具の確認をしたものの、アクセサリー型のものも全て取り上げられてしまったようだった。

「……っ」

慌てて手探りで胸元を確認すると、ノエル様にいただいたネックレスも無くなっていて泣きたくなった。他のアクセサリー同様、魔道具だと勘違いされてしまったのかもしれない。

(どうか捨てられていませんように……!)

そう祈りながら、再び部屋の中へと視線を向ける。

この部屋の中にあるのは、今横たわっていたベッドと小さな木のテーブル、そして椅子《いす》だけ。

窓があるらしい場所には分厚い木の板が幾重にも打ち付けられていて、ここから脱出するのは無理そうだと悟る。そもそもここは何階なのだろう。

外の様子は一切見えず、あれからどれくらいの時間が経《た》ったのか、今が何時なのかも分からない。

恐る恐るドアに近づき触れてみると、鍵はかかっておらず簡単に開いた。

そっと隙間から顔を出せば、暗く長い廊下が続いているようだった。しばらく様子を窺《うかが》ってみたものの、物音ひとつせず人の気配もない。

「……どうしよう」

何もせずにここで黙って犯人が来るのを待つなんて、頭がおかしくなりそうだった。

少しだけ様子を見てみようと決めて、部屋を出る。もしかすると、こっそり逃げ出すことだってできるかもしれない。

耳を澄ましながら歩いて行くうちに、ここは古びた大きな屋敷だということが分かった。長い廊下にはドアが並び、似たような作りの部屋に繋《つな》がっている。

ほとんどの部屋に使われている形跡はないものの、すべて綺麗に掃除されていた。

そして全ての窓が、木の板で幾重にも打ち付けられている。絶対にこの場所から逃がさないと言われているようで、思わず自分の身体をきつく抱きしめていた。

一体誰が、何の目的でわたしをここへ連れてきたのだろう。前回の恨みのこもった手紙の内容を思い出すと、無事でいられるとはとても思えなかった。

やがて階段をゆっくりと降りていき、玄関ホールらしき場所に出たわたしは足を止め、目の前の光景に言葉を失った。

「……えっ？」

正面玄関があるはずの場所もまた、先ほどの部屋の窓のように板で何重にも覆われていて、扉の部分は全く見えなかったからだ。

犯人も流石《さすが》に、一生この屋敷に二人で閉じ籠る気ではないだろう。食料のことだってあるのだ、玄関が塞がれていたとしても、どこか別の出入り口があるはず。

落ち着こうと息を吐《つ》き他の出口を探し始めたところで、不意にカツン、カツン、という足音が静かな屋敷の中に響いた。

（誰かが、こっちに来る……？）

目が覚めてから初めて感じた他人の存在に、心臓が嫌な音を立て早鐘《はやがね》を打っていく。わたしは周りを見回すと、近くに積み重ねられている木箱の影に身を潜めた。

不自然に歩き回るような様子から、わたしを探しているのだと悟る。

だんだんと近づいてくる足音に、震えが止まらない。きつく両膝を抱きしめながら、どうか見つかりませんようにと祈ることしかできない。

けれどそんな願いも虚しく、足音はわたしがいる場所のすぐ側でぴたりと止まる。

あまりの恐怖に視界がぼやけていく。呼吸の仕方すら、もう分からなかった。

（ノエル様、助けて……！）

こんな時でも一番に思い浮かぶのは、ノエル様のことだった。

「見ーつけた」

やがて隠れんぼでもしているかのような明るい声が響き、びくりと身体が跳ねた。

けれどすぐに、その声には聞き覚えがあることに気がつく。

「……どう、して」

恐る恐る顔を上げてこちらを覗き込む人物の顔を見た瞬間、口からは戸惑いの声が漏れた。

(どうして彼がここにいるの……？)

「俺はね、昔から君を見つけるのが得意なんだ」

そんなわたしの気持ちを見透かしたように、彼——クリフ様はそう言って無邪気な笑みを浮かべた。

◇◇◇

「——シェリーが攫われた？　どういうことだ！」

ルーファス様を送り届け、騎士団本部へ戻ってきた俺のもとに届いたのは、そんな知らせだった。

頭の中が真っ白になり、思わず知らせに来たチェスターの肩をきつく掴んだ。

「ノエル、気持ちは分かるけど少し落ち着け」

我に返った俺は手を離し「すまない」と呟《つぶや》くと、椅子に腰を下ろした。

「彼女につけていた護衛は？」

「全員、致命傷を負って病院で治療を受けてる」

「……くそっ」

全て俺のせいだと、きつく拳を握りしめる。

護衛を常に三人もつけていたとは言え、もっと厳重に彼女を守っておくべきだった。こんなことになるのなら仕事も辞めさせ、屋敷から一歩も出さず、俺自身の手で守り続けるべきだったのに。

今更そんなことを考えたところで遅いとは分かっていても、後悔は止まらない。

先日彼女に贈ったネックレスに付与してある追跡魔法を辿《たど》ってみても、反応はなかった。どうやら外からの魔力が遮断されている場所にいるらしい。

相手もどこまでも本気なのかが窺えて、余計に苛立《いらだ》ちは収まらない。

シェリーは今、無事なのだろうか。彼女のことを想うだけで、胸が張り裂けそうになる。

そんな俺にチェスターは続けた。

「相手はかなりの強さの風魔法使いらしい」

「……風魔法使い？」

「ああ、鳥型の使い魔もいたってさ」

俺が任務についている間、意識の戻った護衛からチェスターが直接話を聞いてくれたという。

「三人全員が一瞬にして両手足を折られたみたいで、酷い有り様だったよ。グラフトン男爵が用意した護衛なんて腹に穴が空いていて、かなり危険な状態だった」

なんとか全員が命を取り留めたらしいものの、そんな残虐さを持つ人間と一緒にいると思うと、不安で頭がおかしくなりそうだった。

いても立ってもいられなくなった俺は上着を羽織り、壁に立てかけてある剣へと手を伸ばす。

「ノエル？　どこに行くんだよ」

「シェリーを捜しに行く」

チェスターは俺の手を掴み、首を左右に振った。

「やめとけ、もう夜になるんだぞ。何の手がかりもないのに、手当たり次第に捜したって見つかるはずがないだろ」

「そんな事は分かってる！　だが、何もせずにいたら気が狂いそうになるんだ」

「明日になれば魔犬を借りて来られるだろうし、身体を休めとけよ。かなりの実力者が相手かもしれないんだろ？」

チェスターはそう言って、宥《なだ》めるように俺の肩に手を置いた。

——魔犬とは特殊な訓練を受けており、魔力の流れを辿ることに特化している魔獣だ。犯罪者の追跡や行方《ゆくえ》不明者の捜索に使われ、騎士団の専門部署で管理をしている。

シェリーの魔力の流れを辿れば、彼女が攫われた場所からある程度の場所までは追跡可能だろう。

「……っ」

チェスターの言う通り、体力や魔力を温存しておくべきだと頭では分かっている。それでも、今彼女が無事かどうかも分からないというのに、家で大人しくしていられるはずがなかった。

行き場のない苛立ちや怒りを乗せて壁に拳を叩きつければ、ぽたぽたと血が流れ落ちていく。

「敵さんと戦う前に怪我すんなよ。いい加減、頭冷やせ。俺も明日からの捜索、一緒に行けるよう上に頼んでおくからさ。とりあえず今日はもう帰って寝ろ。な？」

眉尻を下げて微笑《ほほえ》んだチェスターは俺に軽く手当てをすると、本部の外まで見送ってくれた。

友人の優しさや自分の不甲斐《ふがい》なさに胸が締めつけられる。

「……すまない」

「シェリーちゃんが帰ってきたら、三人で飲みに行こうぜ。その時は奢《おご》ってくれよ」

「ああ、もちろんだ」

チェスターに止められなければ、俺は一晩中あてもなくシェリーを捜していただろう。

あらためて礼を言い、その場を離れたものの、やはりまっすぐ屋敷に帰る気にはなれない。ふらふらとあてもなく街中へと歩いていく。

(昼間はここで、あんなにも楽しそうにしていたのに)

そうして彼女のことばかりを考えているうちに、ふとルーファス様との会話を思い出す。

『シェリーは一体どこで、制約魔法をかけたんでしょうか』

『この国であのレベルの魔法をかけられるのは、ジェイルズという魔法使いだけでしょうね』

確かその魔法使いがいるという店は、この辺りだったはずだ。

少しでも手がかりになればと思い、俺はジェイルズという魔法使いを訪ねてみることにした。

店を訪れ、受付にてシェリー・グラフトンの依頼内容を教えてほしいと頼んだものの、個人情報は教えられないと断られてしまった。

それでも彼女が今事件に巻き込まれていること、婚約者である俺が全ての責任をとるというサインをし、シェリーが支払った倍の金を払うことで同意を得ることができた。

受付の女性は書類を捲《めく》っていき、やがて「ああ、ありました」と手を止める。

「シェリー・グラフトン様のご依頼内容は、ノエル・アンダーソン様——あなたに対して、好きだと言わない、笑わない、素《そ》っ気《け》ない態度をとる、という内容で承っております」

「…………は？」

そうして告げられた依頼内容を聞いた瞬間、俺の口からは間の抜けた声が漏れた。

まさかここで自分の名前が出てくるとは思わなかった上に、内容については理解不能だったからだ。

「なぜ、そんなことを？」

「ええと、事前に書いていただいた理由の欄には『引くため』と書いてありますね」

「引く？　どういう意味ですか」

「そこまでは存じ上げませんが、期間は三ヶ月なので、三日後に効果が切れるようですよ」

引くとは一体、何のことなのだろう。

追い出されるように店を出た俺は、戸惑いを隠せずにいた。

（高額な金を支払ってまで、シェリーはどうしてそんな魔法をかけたのだろう）

けれど二ヵ月前、突然彼女の態度が変わったことにも納得がいく。そもそも恋愛感情が失われたとしても、シェリーは他人に対してあんな態度をとるような性格ではなかった。

そんなことにも気づけないほど、シェリーに突き放されたショックと、元々抱えていた彼女への罪悪感によって、俺はまともな思考ができていなかったのかもしれない。

ふと広場の時計へと視線を向ければ、針は午後六時五十分を差していた。ここから歩いて十分もかからない場所に、シェリーの友人であるクラリス・ピアソンの職場がある。

今回の誘拐事件、そして制約魔法について話を聞きたいと思った俺は、魔法省へと向かった。

魔法省を訪れるとクラリス嬢は帰宅するところだったようで、馬車を呼び彼女を送る道中、話をすることにした。

「っそんな……シェリーが……！」

シェリーが攫われたことを話せば、彼女は信じられないといった様子で目に涙を浮かべていた。

過去に届いていたという不審な手紙についても、何ひとつ聞いていなかったらしい。友人に心配をかけまいと黙っていたのだろう。

「明日の朝から捜索を始める予定です。俺の命に代えても、必ず彼女を救い出します」

ハンカチで目頭を押さえながら、クラリス嬢は「よろしくお願いいたします」と頭を下げた。

すぐに顔を上げるよう言い、少し落ち着いた頃、俺は再び口を開いた。

「シェリーに好意を寄せていた男性に、心当たりはありますか？」

「何人か、思いつく方はいます」

「全員の名前を挙げてもらえませんか？」

「分かりました。まずは――」

まずは誘拐犯について調べるため、挙げられた名前を書き留めていく。

シェリーを好いている人間がこんなにもいることを初めて知り、想いを伝えることすらできなかった過去の自分が、何故あれほど余裕でいられたのか分からなかった。

「……シェリーが今まで、独身でいたことが不思議ですね」

「いつでもどこでもノエル様に全力でアタックしていたんですもの、噂好きの社交界では有名な話でしたし、そんなあの子に婚約を申し込んだところで断られるのが目に見えていますから」

クラリス嬢は困ったように微笑んだ後、悲しげに目を伏せた。

「ありがとうございます。これで全員でしょうか」

「あとは、その……私の勘違いかもしれないのですが」

「大丈夫ですよ。少しでも気になることがあれば、全て話していただきたいです」

笑みを向けると、彼女は躊躇《ためら》うような様子を見せた後、やがて口を開いた。

「クリフ様もそうなのかなと、ずっと思っていました」

「……クリフが？」

「はい。ノエル様のご友人であるクリフ様がそんなことをするとは思えませんが……ノエル様が学園をお辞めになった後も、よくシェリーに声をかけていましたから。それにあの子を見る目が時々、少しだけ怖くて」

そこまで言うと、クラリス嬢は気まずそうに俯《うつむ》いた。

（クリフが、シェリーのことを好いていた……？）

親しい友人の名が挙げられ驚いてしまったものの、思い当たる節はいくつもあるのだ。

俺よりも先にシェリーを見つけ、興味を持ったのもクリフだった。

『最近、あの子を探すのが趣味になってきてるんだ』

『シェリーちゃんは、笑顔の方が可愛《かわい》いのに』

学生時代、クリフはいつもシェリーのことを目で追っては、可愛いと言って笑っていた。

彼女に対して恋情を抱いていたとしても、なんら不思議はない。

そんなことにも気づかないほど、俺はシェリーが自分を好いてくれているという驕《おご》りから、周りのことなど気に留めていなかったのだろう。

「ありがとうございます、参考にさせていただきますね」

「はい。お願いいたします」

自分の友人に限ってそんなことはあるはずがないと思いながらも、胸騒ぎは収まらない。

クリフは魔法学園を次席で卒業しており、俺と同様、騎士団から声もかかっていた実力者だ。

『相手はかなりの強さの風魔法使いらしい』

『……風魔法使い？』

『ああ、鳥型の使い魔もいたってさ』

何よりクリフは風魔法使いで、使い魔も鳥型だった。

とにかく後で一度連絡してみようと決め、手帳を閉じる。クラリス嬢の屋敷に着くまでもう少し時間はあるようで、もうひとつ気になっていたことを尋ねることにした。

「それと、シェリーに関して『引く』という言葉に聞き覚えは？」

「どうしてそれを……？」

はっとしたように顔を上げたところを見ると、どうやら心当たりがあるらしい。

そこで先ほど聞いた制約魔法に関する話をすれば、クラリス嬢は片手で口元を覆った。

「おかしいとは思ったんです。あの子がノエル様に対して素っ気ない態度を取り続けるなんて、どう考えても無理ですもの。まさかそんなものに頼っていたなんて……」

「どういう意味ですか？」

「実は――……」

そうしてクラリス嬢から全ての話を聞いた俺は、言葉を失った。

すべて俺の気を引くためだったなんて、想像すらしていなかったのだ。そんな本や魔法に頼るほどシェリーは悩み、俺に好かれたいと思ってくれていたことになる。

そう思うと嬉しくて愛しくて、胸が締めつけられた。同時に、そこまで彼女を追い込んでしまっていた自分の不甲斐なさにも嫌気が差す。

やがて俺は、願望にも似たひとつの疑問を口にする。

「……シェリーは今も、俺の事を好いてくれているんでしょうか」

するとクラリス嬢は目を瞬かせた後、くすりと笑った。

「当たり前です。あの子は一生、ノエル様一筋ですよ」

その言葉を聞いた瞬間、どうしようもないくらい安堵し、子供のように泣き出したくなった。

(シェリーはまだ、俺を好いてくれている)

それはずっと、何よりも一番に望んでいたことだった。

身体が震えるほどの喜びが全身を駆け抜けていく。数ヶ月ぶりに肺に空気を取り入れたような、自分に足りなかったものが埋まっていくような、そんな感覚がする。

『一生ノエル様だけです！』

シェリーはあの日から何も、変わっていない。

今すぐに会って、謝りたかった。

そして許されるのならばもう一度、シェリーの口から「好き」という言葉が聞きたい。

(――どんなことをしてでも、シェリーを助け出してみせる)

固く心に誓い、きつく拳を握りしめた。

◇◇◇

クリフ様はわたしの目の前までやってくると、目線を合わせるようにしゃがみ込んだ。

こんな状況にもかかわらず、いつもと変わらない笑みを浮かべる姿に不気味さを感じてしまう。

「やっぱりシェリーちゃんは隠れるのが下手だね。そんなところも可愛いんだけど」

「ど、どうして、クリフ様がこんなところに……」

「どうしてって？　いやだなあ、本当は分かってるくせに」

――クリフ様の言う通りだ。攫われて閉じ込められた場所に、偶然無関係の知り合いが現れるなんてありえないことくらい、恐怖でまともに働いていない頭でも分かっている。

それでも、信じたくなかった。

クリフ様はいつも明るくて優しくて、何よりノエル様の大切な友人だった。

「とりあえず、お茶でも淹《い》れるから出ておいで。今すぐ君を傷つけたりなんてしないよ。もちろん、毒を入れたりもしないからさ。ゆっくり話をしようか」

今すぐ、という言葉に引っかかりを覚えたものの、クリフ様の言う通りにすることにした。

とにかく無事でいるためには、クリフ様の機嫌を損ねないようにすべきだろう。

（必ずノエル様が助けに来てくれるもの。わたしにできるのは、それまで無事でいることだわ）

そんな希望を胸に抱き、恐る恐る差し出された手を取る。あまりにも冷たい手のひらの感触に、ぞくりと鳥肌が立った。

クリフ様は満足げに微笑むと、そのままわたしの手を引いて歩き出す。

廊下を進み、やがて着いたのは広間のような部屋だった。メインで使用する部屋なのか、先ほど見て回った他の部屋よりも物が多く、しっかりと整えられている。

家具なども新しい物で揃えられていて、古びた屋敷の中でそれぞれ浮いている感じがした。

「シェリーちゃんはここに座って？　俺の隣ね」

ソファに座るよう勧められ、大人しく腰掛ける。クリフ様は手馴れた様子で紅茶を淹れると、可愛らしいティーカップをわたしの前に置いた。

それでもなかなか手をつける気になれないわたしを見て、クリフ様は小さく首を傾げる。

「ああ、気が利かなくてごめんね。俺が入れてあげる。砂糖は二つ、ミルクは一杯だよね？」

「……ありがとうございます」

「どういたしまして」

砂糖とミルクを入れていなかったせいで、手をつけなかったと思ったらしい。当然のようにわたしの好みを知っていることに気味の悪さを感じながら、震える手でティーカップを取った。

隣に座るクリフ様は変わらずにこにことした笑みを浮かべ、こちらを見つめている。

「どうかな、美味《おい》しい？」

「……はい」

「良かった！　君のために練習したんだよ」

伯爵令息であるクリフ様がお茶を自ら淹れる機会などないだろうし、事実なのだろう。

一口だけ飲んでみたものの、こんな状況では味なんて分かるはずもない。ティーカップをソーサーの上に静かに置くと、わたしは口を開いた。

「どうして、こんなことをするんですか」

「君が好きだからだよ」

さらりとそう言ってのけたクリフ様はわたしの髪をそっと掬《すく》い取り、くるくると指先に絡めた。

ずっとゆっくり触れてみたかったのだと言い、クリフ様は楽しげな様子を見せている。思わず振り払いたくなるのを堪《こら》え、わたしは太腿の上に置いていた手のひらを固く握りしめた。

「手紙だって、たくさん送っただろう？　学園を卒業してから、会う機会が減って寂しかったんだ」

「……っ」

やはりあの手紙も全て、クリフ様が送ってきたものだったらしい。悪戯《いたずら》だと思っていた、びっしりと書き綴られた夥《おびただ》しい数の愛の言葉全てに想いが込められていたのだと思うと、悪寒が走る。

「研究所の中にまで、どうして……」

「君がアンダーソン伯爵家で暮らすようになったからだよ。ノエルに知られては厄介だし、君の手に直接届かなくなるだろう？　だから職場に届けたんだ」

鳥型の使い魔を使い、周りに感知されることなく届けることができたのだという。手紙とともに鳥の羽根が残されていたことにも納得がいった。

「シェリーちゃんがノエルと婚約したって知った時、俺がどんなに傷ついたと思う？」

「……」

「学生時代から君を気に入っていることには気づいていたけど、あのノエルがそこまでするとは思っていなかったんだ。卒業後だって特別関わる様子も一切なかったし、油断してたよ」

やはりクリフ様も何も知らなかったらしい。わたしだって好意を抱かれているとは全く気がつかないくらい、たまに偶然会うだけの関係だったのだから。

「俺の方が先に君を好きになったのに」

忌々《いまいま》しげにそう呟くと、クリフ様はわたしの髪から手を離し、頬杖《ほおづえ》をついた。

「それは、いつから……？」

「魔法学園に入学してすぐかな？　シェリーちゃんがノエルを好きになってすぐ、俺も君を目で追うようになったからね。一目惚《ひとめぼ》れに近かったかもしれない」

もしも普通の状況であったなら、ノエル様に一途《いちず》なわたしと言えど見目《みめ》の良い男性にまっすぐ好意を向けられては、少しはときめいてしまっていたかもしれない。

けれど今は淡々と紡がれるその言葉が、ひどく怖かった。

「俺には二つ上の仲の良い姉がいたんだけど、君の明るい幸せそうな笑顔がよく似ていたんだ」

いたんだけど、という過去形に引っ掛かりを覚えていると、クリフ様は「ああ」と続けた。

「俺が子供の頃に死んだんだ、事故で」

「……そんな」

「まあ、姉のことはきっかけでしかないよ。俺はすぐに君自身を好きになったし」

あっさりとそう言うと、クリフ様は自身のティーカップに口をつける。

クリフ様は身分だって高く、成績も優秀で見目も良いのだ。どうしてわたしを好きになったのか不思議に思っていたけれど、今の話を聞いて少しだけ納得できてしまった。

「ずっと君がノエルに向ける視線が、好意が、ほんの少しでもいいから俺に向けられないかなって、いつも思っていたんだ」

「…………」

「シェリーちゃんの笑顔は、世界で一番可愛いと思うんだ。素直で明るい性格も好きだし」

恐怖を感じる一方で、普通に会話ができていることにほんの少しだけ安堵もしていた。

(こうして話をしているうちにクリフ様も冷静になって、解放してくれるかもしれない)

けれどそんな淡い期待も、すぐに打ち砕かれることになる。

「それなのに、世の中にはシェリーちゃんを悪く言う人間もいるから信じられないよね。本当に許せないよ。でも、ちゃんと罰は下しておいたからね。安心して」

「……罰？　何のことですか」

「マリアン・セルヴィッジだよ。舞踏会で君を傷つけた」

その瞬間、先日シーラから聞いた言葉が脳裏に蘇《よみがえ》った。

『数日前に酷い事故に遭われたらしいですよ。生きているのが奇跡なくらいだったとか』

恐ろしい想像をしてしまい、再び手足が震え出す。そんなわたしの心のうちを知ってか知らずか、クリフ様は何かを思い出したように「あ」と声を上げた。

「でも、殺し損ねたんだった。ごめんね。次はうまくやるよ」

一切の後悔や反省もなく本気で残念がっている様子に、今すぐ逃げ出したくなる。あまりの恐怖で血の気が引き、吐き気すらしてくる。

わたしが知るクリフ様はもう存在しないのだと、思い知らされていた。


この屋敷に攫われて来てから、二日ほどが経った。

朝昼晩きっちり時間通りにクリフ様が作っているらしい食事が出てくるため、時間感覚はなんとか保っている。正直食欲なんて全くないものの、いざという時に体力がなくては困ると思い、無理やり胃の中に入れていた。

食事以外の時間は、屋敷の中を自由に動き回ることができている。

いくら見て回ったところで、出口や役に立ちそうなものは何ひとつ見つからない。

『シェリーちゃん、散歩は楽しかった？　疲れたよね、お茶を淹れるよ』

『………』

クリフ様もそれを分かっているからこそ、わたしを自由にさせているのだろう。

常に逃げる方法を考えているけれど、持ってきた魔道具を取り返すくらいしか思い浮かばなかった。

魔力量の少ないわたしの水魔法に、壁に穴を開けたりできるほどの威力はない。一度だけ試してみたけれど、体力が削られ壁が濡れるだけだった。

（それにクリフ様の使い魔が、常にわたしを見張っているみたいだもの）

何度か鳥型の使い魔を見かけているし、攫われる前いつもわたしを監視していたのもその使い魔だと言っていた。何かしら行動を起こせば、すぐにクリフ様がやってくるのは目に見えている。

『ねえ、美味しい？　シェリーちゃんの好きなものばかりでしょ？』

『今日はね、君に似合いそうな服を用意したんだ』

常に明るい笑みを浮かべているクリフ様は、驚くほどいつも通りだった。

日に三度ともに食事をし、午後にお茶をしながら他愛《たわい》のない話をするだけ。

わたしは毎日彼の用意したドレスやアクセサリーを、着せ替え人形のように変わるがわる身に着けさせられていて、その度にクリフ様は満足げな様子を見せていた。

『やっぱりシェリーちゃんは可愛いな。大好きだよ』

危害を加えてこない上に、手や髪に触れる以上のことをされることもない。

けれど、クリフ様はマリアン様を殺そうとしたのだ。それを思い出すと怖くて仕方なくて、常に気を張っているせいで夜もあまり寝付けずにいる。

このままでは体力も失われていく一方だろう。焦りだけが日々、募っていくばかり。

(けれどクリフ様の様子を見ている限り、少し踏み込んでみても良いかもしれない)

そう思ったわたしは夕食をとりながら、いつも以上に機嫌が良さそうなクリフ様に一番気になっていたことを尋ねてみることにした。

「あの、わたしが身に着けていたアクセサリーはどこに……?」

「ああ」

クリフ様の気に障って、怒り出してしまったらどうしよう。

そんな不安を抱えながら返答を待っていると、やがてクリフ様は困ったように眉尻を下げた。

「シェリーちゃんが逃げないように、魔道具は全て隠してあるよ」

「魔道具でなければ返していただけるんですか?」

「そうだね。可哀想《かわいそう》な君にあのネックレスだけは返してあげる。ノエルに貰ったものなんだろう?」

そこまで知っていることにも、もう驚きはしない。それより、ネックレスをあっさりと返してくれることに対しては驚きを隠せなかった。

何か裏があるのではないかと勘繰ったものの、クリフ様は夕食後「元気を出してほしいな」なんて言い、本当にわたしの部屋までネックレスを届けに来てくれた。

日に日に弱っていくわたしの様子を見て、危機感を感じたのかもしれない。

美しいアメジストはノエル様の瞳によく似ていて、そっと触れるだけで涙が溢《あふ》れてくる。

「おやすみ、シェリーちゃん。また明日。大好きだよ」

ドアが静かに閉まり、わたしは輝くネックレスを抱きしめると、その場にへたり込んだ。

（……ノエル様に、会いたい）

ノエル様も、わたしのことを考えてくれているだろうか。

ネックレスを身に着けたままベッドの中で瞳を閉じると、その日は不思議と穏やかに眠れた。


翌日の午後も、わたしは広間でクリフ様とともに過ごしていた。彼の淹れてくれたお茶は昔から大好きな銘柄のはずなのに、何も味がしない。

その一方で、当然のようにわたしの隣に腰掛けているクリフ様は鼻歌なんて口ずさんでいる。

——あの日からちょうど三ヶ月、今日は制約魔法が解ける日だった。

今頃はノエル様にようやく好きだと伝えられたはずだったと思うと、泣きたくなる。

助けが来る気配も今のところないのだ、とにかく少しでも情報がほしい。ノエル様からいただいたネックレスをあっさりと返してくれたくらいだし、色々尋ねてみても大丈夫な気がしてくる。

そうしてクリフ様の名前を呼べば、彼は笑顔のまま「なあに？」と首を傾げた。

「ここはどこなんですか？」

「あれ、言ってなかったっけ？　ここは国境の近くの森の中だよ」

　つまりここは、ノーツ大森林だ。

　魔獣が数多くいる危険な場所であり、たとえわたしがここから一人で逃げ出したところで、生きていることすら難しいだろう。この場所まで助けが来る可能性も、かなり低いに違いない。

「屋敷の周りには魔獣避《よ》けの魔道具が設置してあるから、中にいれば襲われることはないよ」

「そう、ですか」

「外に出たら死んじゃうからね？　絶対にダメだよ」

　安心などできるはずがないと心の中で思っていると、クリフ様はくしゃりと前髪をかき上げた。

「それにしてもノエルのやつ、抜け目がないね。俺が君をここへ連れてきてすぐ、国境の警備を厳しくしたんだ。想定の範囲内だけど、それが落ち着くまではここの暮らしで我慢してね」

「……他国に、行くつもりなんですか？」

「うん、そうだよ。そこで一生、シェリーちゃんと暮らそうと思って」

　当然のようにそう返されたことで酷い目眩《めまい》がしてきて、思わず目元を片手で覆った。

　もしもこのまま助けが来なければわたしは他国へと連れて行かれ、一生クリフ様とこうして暮らすことになるらしい。

（――そんなの、死んでいるのとなんら変わりないわ）

このままノエル様に会えないかもしれないと思うと、耐えられなかった。

視界がぼやけていき、唇をきつく噛む。

そんなわたしの髪をクリフ様はそっと一束、指先で掬いとった。

「そう言えば、今日は制約魔法が解ける日だね」

「えっ？」

不意にそう言われたことで、心臓が大きく跳ねた。

俯いていた顔を上げたわたしを見てクリフ様は楽しそうに笑い、整った顔を近づけてくる。宝石に似た瞳に映るわたしは、今にも泣き出しそうな表情を浮かべていた。

「ようやくノエルに好きだって言えるようになったのに、こんなところに俺といて可哀想だなぁ」

「なん、で……」

「俺はシェリーちゃんのことなら何でも知ってるよ。……あーあ、あのまま仲違《なかたが》いしてくれれば良かったのに、ノエルも全くめげないから驚いたよ。何も知らずに必死に君に縋《すが》り付いて、哀れだよね」

「……っ」

ずっと監視されていた気持ち悪さよりも、ノエル様を嘲笑《あざわら》う言葉に対して怒りが込み上げてくる。

気がつけばわたしは、口を開いていた。

「ノエル様のことをそんな風に言わないでください。悪いのはわたしですから」

そう言った途端、笑みを浮かべていたクリフ様の纏う雰囲気が一瞬で冷え切ったのが分かった。

顔からは表情が抜け落ち、虚《うつ》ろな眼差《まなざ》しを向けられる。

「こんな時でもノエルを庇《かば》うんだね。どうしたら俺を見てくれる？　ノエルを殺せばいい？」

「……一生、あなたを見ることなんてありません。ノエル様に何かあれば、わたしも後を追います」

もう、限界だった。こんな場所に閉じ込められ、大切な人を悪く言われてまでクリフ様の機嫌を取り続ける生活なんて、これ以上耐えられそうになかった。

「――そっか。じゃあ君を先に殺しても、同じだね」

クリフ様がそう呟いた瞬間、背後にあった照明や椅子を巻き込み、わたしは壁に思い切り叩きつけられていた。どこが痛いのかすら分からないくらい、全身に激痛が走る。

風魔法で攻撃されたのだと、すぐに悟った。

視界の端で、はらはらとまばらな長さの自分の髪が舞っているのが見える。身体にもあちこち切り傷ができており、刺すような痛みが広がっていく。

「……っう、あ、……げほっ、う」

「シェリーちゃん、痛い？　でも俺の心はもっと痛いよ」

ゆっくりと側へ歩いてきたクリフ様はわたしの髪を片手で掴み、そのまま頭を持ち上げた。

「……い……っ」

髪が抜け、千切れる音がする。あまりの痛みに、瞳からはぽろぽろと涙が零《こぼ》れ続ける。

そのまま無理やり顔を引き寄せられ、鼻先が触れ合いそうな距離で視線が絡んだ。

「俺は君のことをすごく愛しているから、もう一度だけチャンスをあげる。謝って、俺のことを好きだって言ってくれたら許してあげるよ。ね？」

こんな風に閉じ込め、思い通りにいかなければ痛めつけることが、クリフ様にとっての愛だとでも言うのだろうか。そんなの、絶対に愛ではない。

（好きだなんて、死んでもノエル様以外に言わないわ……！）

痛みに耐えながら口を噤《つぐ》んでいると、クリフ様の周りをおかしな動きをして飛び回る使い魔が視界の端に見えた。もしかすると彼は、魔力暴走を起こしかけているのかもしれない。

――魔法使いは感情が高ぶるとコントロールが利かなくなり、魔力が暴走することがあるのだ。

このまま殺されるくらいなら屋敷を壊すほどに暴走させ、どうにか逃げるチャンスができないだろうかと、痛みでおかしくなりそうな頭で考える。

この状況下でも、逃げ出す方法を必死に探している自分にも驚いていた。

そしてそれはノエル様にもう一度会いたい、ただその一心からだった。

「わたしは一生、ノエル様だけが好きです！　ノエル様以外を愛することなんて絶対にありません！クリフ様なんて嫌い、大嫌い！」

怒りを最大限に引き出そうと叫べば、思い切り顔を殴られ、床に倒れ込む。

咳《せ》き込みながらも必死に壁側へ這いずるわたしの側へ、クリフ様はやってくる。そして今にも泣き出しそうな表情を浮かべると、わたしの首に指先を這わせた。

「……ねえ、どうして？　俺はこんなにもずっとずっとずっとシェリーちゃんだけを愛しているのに、俺を見てくれないの？　俺を見てよ」

「ごほ、げほ……っう」

首をじわじわと絞められながらも、顔を必死に左右に振る。

やがてクリフ様のエメラルドのような瞳から、ぽたりと一筋の涙が零れ落ちた。

「……もういいよ。君を殺して俺も死んであげる。次の人生では一緒になろうね」

そう告げられるのと同時に、鳥型の使い魔がこちらへ向かってくるのが見えた。

わたしを殺したいという、クリフ様の感情を共有しているからだろう。

（このまま、わたしごと壁を吹き飛ばしてくれれば……）

攻撃される直前、ありったけの魔力を放出して自身の周りに水魔法を纏う。

けれど結局、半分も防ぎきれなかったわたしは、屋敷の壁ごと吹き飛ばされた。

◇◇◇

シェリーが攫われた翌朝、俺はチェスターとともに捜索部隊を率いて、魔犬での追跡を開始した。

（どうか無事でいてくれ……！）

そう祈りながら、馬を走らせる。クラリス嬢やグラフトン男爵夫妻にも、必ずシェリーを連れ帰ると約束したのだ。俺の命に代えても、必ずシェリーを助け出すつもりだった。

「お前の友達、まだ連絡つかないのか？」

「ああ」

すぐ隣を走るチェスターにそう尋ねられ、俺は小さく首を縦に振った。

昨晩、クラリス嬢が名前を挙げてくれた男性達のもとを訪ねてみたところ、全員に特に変わった様子はなく、シェリーが襲われた時刻の行動も把握《はあく》することができた。

――ただし、クリフを除いては。

王都にある屋敷を訪ねてもその姿はなく、彼の両親である伯爵夫妻に話を聞いたところ、数日前から連絡が取れないとのことだった。

部屋を確認してみたところ、まるで旅行にでも行くかのように貴重品や服などが持ち出されていたらしく、何かあったのだろうかといたく心配する様子を見せていた。

クリフの姉は幼い頃に事故死しており、余計に伯爵夫妻の不安は大きいようだった。

そんな中、確証もないままクリフが誘拐事件に関わっているかもしれないとは伝えられず、帰って来たらすぐに連絡をするよう頼んできたものの、未だに音沙汰《おとさた》はない。

「もしもこの先にいたら、どうするんだ？」

「……どうするも何もない。罪を償わせるだけだ」

もちろん、友人を疑いたくはない。

それでも俺達が向かう先にいるのは、よく見知った人間であるような気がした。


その後、魔犬を使いシェリーの魔力を辿って行き着いたのは、ノーツ大森林だった。

森の手前で魔犬達は足を止めている。人間の魔力よりも森の中にいる魔獣の魔力の方が強いため、これ以上魔犬を使っての捜索は不可能だろう。

「本当にシェリーちゃんはこんな場所にいるのか？」

騎士でも苦戦する強さの魔獣もいるこの森の中に、女性を攫ってわざわざ逃げ込むとは思えないと、チェスターや部下達は首を傾げている。

けれど俺はこの場所に辿り着いた時、どこか納得すらしていた。

「誰もがそう思うからこそ、この場所を選んだんだろう」

——もしもクリフが犯人なら、そうするという確信があった。

何より魔獣相手に引けを取らないほどの力があるのなら、国境近くでもあるこの場所は脱国ルートとしても好都合な隠れ場所だろう。

「……やはり、反応はないか」

再び魔道具を取り出しシェリーのネックレスの追跡魔法を辿ってみたものの、反応はなかった。

この先の森の中は馬が走れる地形ではないため、直接歩いて捜索するほかない。

「行くぞ」

「はっ」

そうして俺は昼間だとは思えないほど薄暗い、鬱蒼《うっそう》たる森の中へと足を踏み入れた。


朝から晩まで、必死にシェリーの捜索を続けた。

「――くそっ」

ただでさえノーツ大森林は広いというのに、魔獣が次々と湧《わ》いてくるため、その討伐だけでも時間や体力が削られていく。二日経っても手がかりひとつ得られず、焦燥感ばかりが募る。

「その誘拐犯は何年もシェリーちゃんに執着していたんだろう？　彼女への愛情が確かなら、きっと手荒な真似《まね》はしていないだろうし、無事なはずだ」

「……ああ」

今日も朝から一緒に行動してくれている、チェスターの言葉通りであることを祈りたかった。

本来なら一秒たりとも無駄にせず、シェリーを捜し続けたい。それでもチェスターに無理をさせるわけにも行かず、近くにあった陽の差す小さな開けた場所で休憩をすることにした。

苔の生い茂った大木に並んで腰を下ろし、水分補給をする。

一息吐いた俺は、懐からシェリーのネックレスと繋がった魔道具を取り出した。他の男から贈られたネックレスなど、とうに犯人によって捨てられているかもしれない。

それでも何かの手がかりになればと、日に何度も確認をすることを続けていた。

「……やはり、反応はないか」

本日三度目の確認を終えても、魔道具には何の反応もない。

肩を落とすのと同時に魔獣の鳴き声が聞こえてきて、顔を上げた時だった。

「おい、ノエル！」

突然チェスターが大きな声を上げ、一体どうしたんだとそちらに視線を向ける。俺が察知した魔獣以外にも何か見つけたのだろうかと思ったものの、その視線は俺の手元へと注がれていた。

「――っ」

まさか、と再び手元の魔道具を見た俺は息を呑んだ。

先ほどまでは何の反応も見せなかった宝石が光り輝き、一定の方向に向かって揺れ始めていた。

（シェリーが、どこか近くにいる……？）

ネックレスを奪った犯人の可能性もあるが、どちらにせよ追う以外の選択肢はない。捜索を始めて数日、ようやくシェリーに近づく情報を得たことで、期待で鼓動が速くなるのを感じていた。

「チェスター、付いてきてくれるか」

「もちろん。お姫様を早く迎えにいかないとね」

魔道具の指し示す方向へ、二人で急ぎ向かう。その途中、運よく低レベルの魔獣にしか遭遇せず、比較的早く進むことができた。

そうして魔道具の反応が少しずつ大きくなっていく最中、森の中に大きな屋敷を見つけた。

「ここは……？」

「うわ、こんなところに屋敷なんてあったのか」

びっしりと蔦《つた》に覆われた古びた屋敷の一部は半壊しており、そこからは煙が上がっている。その様子を見る限り、何かが起きたのはつい先ほどのようだった。

そして手元の魔道具が指し示しているのは、この場所ではない。

（この屋敷でシェリーが捕まっていて、何かが起きて逃げ出した……？）

俺の予想が当たっていたとすれば、この大破している屋敷の惨状を見る限り、シェリーが無傷で逃げ出せたとはとても思えない。濃い不安が胸の中に広がっていく。

「……っ」

とにかく今は魔道具の反応を追うのが先決だと、屋敷に背を向けた時だった。

「――どこに行った、シェリー！　出てこい！　クソ！」

そんな聞き覚えのある声が耳に届き、予感が確信へと変わる。

気がつけば俺は、全速力で走り出していた。

「ノエル、おい！　待てよ！」

チェスターの声も無視し、声のした方へと向かう。

想像はしていたはずなのに、いざとなると身体から溢れるほどの怒りが込み上げてきて、とても落ち着いてなどいられそうになかった。

（やはり、犯人はクリフだった！）

殺意にも似た感情を抱えて駆け抜けた先には、ジャケット姿でふらふらと森の中を歩き回り、狂ったようにシェリーの名を叫び続けるクリフの姿があった。

「シェリー！　俺から逃げられると思うなよ！」

表情は抜け落ち、目に光はない。まともな精神状態ではないことは一目見て分かった。学生時代、笑い合って過ごした友人はもういない。

俺の存在には気づいていないらしく、少し離れた場所で足を止めると、クリフの名を呼んだ。

こちらへ背中を向けていたクリフは、ゆっくりと振り返る。

「……ノエル？」

「シェリーはどこだ」

「っはは、もうこんなところまで来たんだ。本当にすごいね、ノエルは」

いたく感服したような様子でそう言うと、何が可笑《おか》しいのかクリフはけらけらと笑い出した。

美しかった瞳は濁《にご》り、俺を映しているようで映してはいない。こんな状態のクリフと数日間一緒にいたことを思うと、シェリーの安否が心配だった。

「シェリーはどこだと聞いている」

「さあ、どこだろうね？　殺そうとしたら逃げちゃった」

その言葉を聞いた瞬間、今までギリギリのところで抑えていた殺意が限界を超え、俺はクリフに向かって火魔法を発動させていた。

「——絶対に殺す」

まるで生きているかのように蠢《うごめ》く巨大な炎が、クリフに向かっていく。すぐに風魔法で防御しようとしたらしいが、耐えきれなくなったのだろう。

その身体は思いきり吹き飛び、近くの木に叩きつけられた。

「ぐ……っあ、う……」

火魔法と風魔法の相性は悪いと言えども、本来のクリフならばこれくらい防ぎきっていたはず。

半壊した屋敷や、ぐるぐると同じ場所を飛び回り続けている使い魔の様子を見る限り、魔力暴走を起こしたのかもしれない。その結果、魔力切れが近いことが窺えた。

俺は地面に転がるクリフのもとへと歩み寄り、剣を抜く。

もう動くことも難しいのだろう。真上から見下ろせば、クリフは片側の口角を吊り上げた。

「殺せよ、ほら早く」

「…………」

「俺が殴っても、蹴っても、お前の名前を呼んでさあ、健気《けなげ》だよね」

「――――」

迷わず剣を振り下ろした瞬間、手元をきつく握られ、重心がぶれる。

「ノエル、殺すな！」

跳ねるように顔を上げればそこには、息を切らすチェスターの姿があった。

すんでのところで止められ剣先はクリフの喉元ではなく、その横の地面へと深く突き刺さっている。

あと一秒でも止められるのが遅ければ、間違いなくその白い喉を貫通していただろう。

「今ここで殺せば、お前はただの人殺しになるぞ」

そんな言葉に、はっとする。あまりの怒りに頭に血が上り、完全に我を失っていた。

「……すまない」

謝罪の言葉を口にすれば、チェスターは「気にすんな。気持ちは分かる」と言い、睨《にら》みつけるようにクリフへと視線を向けた。

もしも俺が今ここでクリフを殺してしまえば、シェリーは絶対に悲しむ。そんな俺に幻滅してしまうかもしれない。だからこそクリフは、煽《あお》るようなことを口にしたのだろう。

今すぐにどうにかしてやりたい気持ちはあるものの、裁くのは俺ではなく、この国の司法なのだ。

クリフは「あーあ、つまんな」と吐き捨てるように呟くと、目を閉じた。

「この男は俺に任せて、ノエルはシェリーちゃんを」

「ありがとう、頼む」

魔道具はまだ、反応し続けていた。クリフがここにいるということは、間違いなくこの指し示す先にシェリーがいる。

チェスターには絶対に後で礼をすると決め、剣を地面から引き抜き、鞘《さや》へと戻す。こんな森の中にシェリーが一人でいると思うと、不安と心配で押し潰されそうになる。

「……どうして、お前なんだよ。俺の方が先に好きになったのに」

そんなクリフの声を背中越しに聞きながら、俺は再び走り出した。

◇◇◇

——あれから、どれくらいの時間が経っただろう。

クリフ様によって屋敷の壁とともに吹き飛ばされ、森の中で倒れていたわたしは意識を取り戻した後、ふらふらと森の中を彷徨《さまよ》い続けていた。

今まで魔獣に出くわさなかったのは幸運だったものの、いつ襲われてもおかしくはない。

空は暗く染まり出し、夜になれば魔獣の活動も盛んになることを思うと、絶望感は増していく。

（……もう、ここまでかしら）

鉛のように重たい足を引きずりながら歩いても、景色は何も変わらない。

心身ともに、もう限界だった。

擦り傷や切り傷まみれで身体のあちこちから血は止まらず、骨もいく本か折れているに違いない。

どこもかしこも痛くて痛くて、気を失ってしまいたくなる。

次にクリフ様に見つかれば、確実に殺されるだろう。けれどこれ以上、遠くへ逃げられる気がしなかった。むしろここまで逃げた自分を、褒めてあげたいとさえ思う。

ノエル様に会いたい、ただそれだけでここまで来たのだから。

(――最後にノエル様に会いたかった。傷つけてごめんなさい、大好きですって伝えたかった)

あんな態度のまま終わるのだと思うと、後悔は止まらない。

やがて座っていることさえ辛《つら》くなり、わたしはそのまま地面に倒れ込んだ。草木に覆われていたことで痛みもなく、むしろ柔らかくて冷たい感触に、心地良さすら感じた。

少しずつ瞼が重く、眠たくなってくる。

だんだんと意識が遠のき、もう駄目だと思った瞬間だった。

「シェリー！」

耳に届いたのは、何よりも大好きな声で。

足音が近づいてきたかと思うと、ふわりと抱き上げられ、縋るように抱きしめられる。

今にも泣き出しそうな顔をしたノエル様が、霞《かす》む視界にいっぱいになった。

「俺が遅くなったばかりに……こんな……！　もうすぐ転移魔法使いが来ますから、どうかあと少しだけ耐えてください！」

（……わたし、夢でも見ているのかしら？）

こんなにも都合良く、こんな場所にノエル様が現れるわけがない。やけに鮮明な幻覚まで見えるようになったのだ、いよいよ本当に死ぬのだろう。

けれど幻覚だとしても、最後にノエル様の姿が見られただけで幸せだと思えてしまう。

「こんなにボロボロになって……俺の、せいで……」

幻のはずのノエル様の表情や声はあまりにも辛そうで、胸が締めつけられた。記憶の中の彼はいつだって、自分を責めてばかりいた。ノエル様は何ひとつ悪くないというのに。

なんとか動く右手をそっと、その頬へと伸ばしてみる。

少しだけ冷たい彼の顔に触れられたことや、やけにはっきりとした感触に、もしかしてこれは幻なんかではなく現実なのかもしれないと、ようやく気がつく。

「……ほんもの、の、ノエルさま、ですか」

「はい」

突然のこんなわけの分からない問いにも、ノエル様は小さく頷《うなず》いてくれる。

「君を無事に送り届けた後は、どんな罰でも受ける覚悟です」

「ノエルさま、のせいじゃ、ありません」

「……君は本当に、優しいですね」

「たすけに、きてくれて、うれしいです……すき、です」

「いえ、全て俺のせ――え？」

気が遠くなる痛みに耐えながらそう告げた瞬間、ノエル様の瞳が驚いたように見開かれた。

（ああ、やっと伝えられた……）

好きだと告げられたこと、無事に制約魔法が解けていたことに、心の底から安堵する。

――きっと今のわたしはぼろぼろで、可愛いなんてほど遠い見るに耐えない酷い姿だろう。

本当はあらたまった場所で最初からきちんと全てを話した上で、伝える予定だったのに。

それでも、今すぐに伝えたかった。伝えるべきだと思った。

「ノエルさま、すきです」

「…………」

「ほんとうに、だいすきです」

初めて見た時から、どうしようもないくらいに焦がれていた。

あの日から今もずっと、わたしの世界の中心はいつだってノエル様だった。

「あ、いして、います……」

最後は涙を堪えきれず、途切れ途切れになってしまった、けれど。

こうしてノエル様への想いを言葉にして伝えられたことが、何よりも嬉しかった。

（……この三ヶ月間、本当に長かった）

制約魔法に頼るという愚かなことをしてしまったせいで、ノエル様に近づくどころか、かなり遠回りをしてしまったように思う。

三ヶ月前のわたしの行動は、一生責めたって足りないくらいだ。

そんなことをぼんやりと考えていると、不意にぽたぽたと顔に冷たい雫《しずく》が降ってきた。

「ノエル、さま……？」

雨が降ってきたのかと視線を動かせば、雫はノエル様の瞳から零れ落ちていることに気がつく。

ノエル様が泣いているのだと理解するのに、かなりの時間を要した。

「すみません、泣く、つもりじゃ……」

慌てたようにノエル様は手の甲で涙を拭ったけれど、またすぐにぽたりと涙は零れていく。

そんな姿が愛しくて切なくて、もどかしくて。わたしは柔らかな銀髪へと手を伸ばし、そっと頭を撫《な》でた。糸が切れたように泣く彼の姿は、まるで小さな子供のように見える。

「……ずっと、好きでいてくれますか」

そうして呟かれた言葉に、胸が締めつけられる。

乞うような、縋るような声だった。

「こんな俺でも、一生、好きでいてくれますか」

――なんとなく、気がついていた。ノエル様が変わらない愛情を求めているということに。

ノエル様はわたしに、家族から得られなかった愛情を求めているのだと。

だからこそ何ひとつ釣り合わない、誰よりもノエル様を好きだということしか取り柄のない平凡なわたしを、好きになってくれたのだろう。

それなのにわたしはあんなにもノエル様を傷つけ、不安にさせてしまったのだ。

今感じているこの痛みは全て、その罰なのかもしれないとさえ思う。

「はい。一生、ノエルさまだけ、です」

もう二度とそんな思いをさせないと、心の中で誓った。

そしていつか、わたしを好きになって良かったと、側に置いて良かったと、その選択が間違いではなかったと思ってもらえたら嬉しい。

そんなことを考えながら、わたしは静かに意識を手放した。

エピローグ

epilogue

「こんにちは、シェリーちゃん」

騎士団本部から一番近い場所にある病院で過ごしていたわたしの元へ、チェスター様がお見舞いにきてくれた。

ノエル様が用意してくださったこの個室は広く豪華で、シャワールームはもちろん、ソファセットまである。高級ホテルみたいで、とても過ごしやすい。

チェスター様は手に持っていた小さな箱をサイドテーブルに置くと、近くの椅子《いす》に腰を下ろす。

初めて見た時と変わらない明るい笑顔に、つられて笑みがこぼれた。

「これはお見舞いのケーキね。この店が好きだって、ノエルから聞いたんだ」

「わあ、ありがとうございます！　すごく嬉《うれ》しいです」

「どういたしまして。そう言えば、ノエルは？　今日もお見舞いに行くって聞いていたから、俺も合わせて来たつもりだったんだけど」

「つい先ほどまで来てくださっていたんですが、急ぎの用事で騎士団本部に呼び出されて、三十分で戻ってくると言っていました」

そっか、とチェスター様は白い歯を見せ、微笑《ほほえ》んだ。

すらりとした体躯《たいく》を引き立てる、深い藍色のジャケットを着こなす姿は、先日の騎士服姿よりもずっと大人びて見えた。

チェスター様が実はわたし達よりも四つも年上だというのは、数日前に知ったばかりだ。

「体調はどう？　かなり酷《ひど》い怪我《けが》だったよね」

「すぐに治療を受けられたお蔭で、すっかり元気です！　でも、ノエル様がまだ安静にしていた方がいいって言うので、退院できずにいます」

「あはは。その調子じゃ、いつまでも無理そうだね」

意識を失った後、すぐに駆けつけた転移魔法使いによってわたしは病院へと運ばれたそうだ。

そして治癒魔法による治療を受けたことで、怪我もすべて治っている。食事も三食とり、たくさん寝ているお蔭で一週間経《た》った今では体力もすっかり回復した。

「チェスター様もわたしの捜索に参加してくださったと聞きました。ありがとうございます」

「いやいや、当たり前のことをしただけだよ。頑張ったのはノエルだし」

森の中でわたしを捜し回っていたクリフ様を捕らえたのは、なんとノエル様らしい。

――クリフ様はわたしを監禁、暴行しただけでなく、マリアン様の殺人未遂の罪もあり、これから裁判にかけられることになっている。

伯爵令息と言えども、やはりある程度の重い刑は免れないという。

わたしとしては学生時代からクリフ様に何度も助けられた過去があること、彼の過去の話を聞いたこともあり、可能な限りはやり直す機会を与えてほしいと思っている。

「あの男を殺そうとするノエルを止めるのが、一番大変だったよ」

肩を竦《すく》めて笑うチェスター様にあらためてお礼を言い、ノエル様が人殺しにならなくて良かったと心の底から安堵《あんど》した。

そうしているうちに病室にノック音が響き、返事をすればノエル様が中へと入ってくる。

ノエル様はチェスター様の姿を見ると、ふっと口元を綻《ほころ》ばせた。

「チェスター、来ていたのか」

「ああ。ノエルの分もケーキ、買ってきたから食えよ」

「ありがとう。後でいただくよ」

それじゃ邪魔者は帰るわ、なんて言うと、チェスター様はあっという間に出て行ってしまう。

この数日間、ノエル様がどんなに彼に救われたかという話も聞いていたのだ。クリフ様に裏切られてしまったものの、素敵なご友人がいて本当に良かった。

わたしからも後日、お礼をしなければ。

「シェリーの好きなお茶も買ってきたので、良かったら」

「ありがとうございます、ノエル様。大好きです！」

「……っ」

お礼を言って笑顔を向ければ、ノエル様は口元を片手で押さえ、視線をわたしから逸《そ》らした。

その顔は、ほんのりと赤く染まっている。

「まだ慣れませんか？」

「……すみません」

ノエル様は真顔で素《そ》っ気《け》ない態度のわたしに慣れてしまっていたせいか、笑顔を向けたり好きだと伝えたりする度に、こうして照れてしまうようになっていた。

（ああもう、なんて可愛《かわい》いの！　照れて頬《ほお》を染めるノエル様なんて貴重すぎるわ……！）

その反応に、わたしの心臓は休む間もなく悲鳴を上げ続けている。ノエル様の言う通り、まだまだ入院が必要かもしれない。

ノエル様は小さく息を吐《つ》くと、ベッドの側にある椅子に腰を下ろした。

「クラリス嬢にも先ほど、騎士団本部の前で会ったんですよ」

「えっ？　どうして本部にクラリスが？」

「部下と待ち合わせをしていたようです」

「まあ、クラリスったら」

どうやら騎士団の見学に行った際、出会った男性とは上手《うま》く行っているらしい。

二日前お見舞いに来てくれた時に「近々いい報告ができるかもしれない」と言っていたのはきっと、彼とのことなのだろう。

家柄も良くノエル様から見ても誠実で良い方のようで、上手くいくことを祈るばかりだ。

入院中はこうして、忙しい中でも時間を作って会いに来てくださるノエル様と、たくさんのお話をして過ごしている。

制約魔法が解けた今、笑い合いながら他愛《たわい》ない話をできることが何よりも嬉しい。

『じ、実はわたし……ノエル様に謝らなければならないことがあって』

ちなみに病院で目覚めてすぐ、わたしはノエル様に制約魔法のことを告げ、謝ろうとした。

『この二ヶ月間、制約魔法を使っていたせいで、ノエル様に失礼な態度を……』

『はい、知っていますよ』

『えっ？』

けれどノエル様は笑顔であっさりと、そう答えたのだ。

誰にもまだ話せていなかったのに何故、とわたしは驚きを隠せなかったものの、大神官様やジェイルズ様の店を訪ねたという話を聞き、納得した。

『本当に馬鹿なことをして、傷つけてしまってごめんなさい』

『謝らないでください、すべて俺が悪いんです。それに、シェリーだって傷ついたでしょう？　そこまで君を追い詰めてしまって、すみません』

『……ノエル様は優しすぎます』

全てを話せば、怒られたり呆《あき》れられたりすると思っていた。わたしがノエル様にしたことを考えれば当然だろう。

それなのに、愛想《あいそ》を尽かすどころか謝罪の言葉を口にし、わたしを気遣ってくださるノエル様の優しさに胸を打たれた。彼のことが好きだと、あらためて苦しいくらいに実感する。

『わたし、本当に、本当にノエル様のことが大好きです』

そう告げてすぐに、腕を掴まれ抱き寄せられる。その手つきからは、余裕のなさが感じられた。

後頭部に手を回され、きつく抱きしめられ、胸がいっぱいになる。

『……ありがとうございます。俺も君のことが、ずっと好きでした』

震える声でノエル様はそう呟《つぶや》き、わたしの瞳からは涙が零《こぼ》れて落ちていく。

『こんなわたしでも、これからもノエル様の婚約者としてお側にいても、いいですか……？』

『当然です。一生俺の側にいてもらうと言ったでしょう？』

ノエル様の腕の中で、わたしは泣きながら何度も何度も繰り返し頷《うなず》いた。

――そうして不安や心配ごともなくなり、幸せな日々を送っている。

（本当に、何もかもが夢みたいに幸せだわ）

ついつい口元が緩んでしまうのを感じ、慌てて唇を引き結ぶ。

ノエル様はそんなわたしを見てくすりと笑うと、首元へ視線を移した。

「そのネックレス、まだ着けてくれているんですね」

「はい、ノエル様にいただいたものですから！　一生、大切に身に着けます」

「追跡魔法が付与されているので、新しく別のものを贈りますよ」

　このネックレスのお蔭で、ノエル様はわたしを見つけることができたそうだ。追跡魔法を隠す魔法を重ね掛けしていたことで、クリフ様も魔道具だと分からなかったようだった。

　もしもこれを返してもらえていなかったらと思うと、ぞっとしてしまう。きっとあの森の中で意識を失い、助けも間に合わず魔獣に食われていたに違いない。

（だからこそ、これからもこのネックレスをお守り代わりに着けていたいんだけど……）

　何故かノエル様は先ほどから、躊躇《ためら》うような様子を見せている。

「……俺はきっと君がそれを着けている限り、一日中どこにいるか確認してしまうと思います」

「えっ？」

「そんなの気持ち悪いでしょう？　だから捨ててください」

　困ったように笑うノエル様は、わたしという人間をまだまだ理解していないらしい。

　わたしは高鳴る心臓の鼓動を必死に押さえつけながら、口を開いた。

「い、一日中、ノエル様がわたしのことを考えてくださるなんて……そんなにも幸せなことがあっていいんですか？　ぜひお願いしたいです！」

「……シェリー？」

「ネックレス、死ぬまで大切に身に着けますね！」

　お風呂に入る時も寝る時も、絶対に肌身離さずにいようと固く誓う。

そう伝えれば、ノエル様は驚いた表情を浮かべた後、今にも泣き出しそうな顔で微笑んだ。

「本当に、死ぬまで着けてくれるんですか」

「はい！　むしろ死んだ後も、お墓の中に入れてください！」

「そうしたら、来世まで追いかけますよ」

「そ、そんなことまでしていただけるんですか……？　今すぐ死んだとしても、後悔しません」

次の瞬間、わたしはノエル様の腕の中にいた。

大好きな甘い香りと体温に、どうしようもないくらい胸が高鳴る。

「……本当に俺は、君に救われてばかりだ。大好きです」

「わ、わたしもです！」

「それは良かった」

ノエル様はわたしの肩に顔を埋め、安堵したように小さく笑う。

そして「ああ、それと」と続けた。

「お願いですから長生きはしつつ、俺より先に死んでくださいね」

「どうしてですか？」

こういう場合は「俺より先に死なないでくれ」と言うのが普通な気がする。

（それでもノエル様がそう言うのなら、わたしは喜んで先に死ぬけれど）

顔を上げたノエル様はわたしの頬にキスを落とすと、ぞくりとするほど美しい笑みを浮かべた。

「君の一生を見届けたらすぐ、俺も後を追いますから」

その言葉に納得してしまったわたしは、すぐに笑顔で頷いてみせる。

――ひどく重たい愛情を抱えた、疑《うたぐ》り深い彼の唇を受け入れながら、わたしはこれ以上ないほどの幸せを噛みしめていた。

番外編

Oshite damedattanode,
hiitemirukotoni shitanodesuga

番外編

extra edition

「退院おめでとう、シェリー」

「ありがとうございます。わぁ、素敵なお花まで……!」

ようやく迎えた退院の日、ノエル様は朝から病院へ迎えにきてくださり、片手では抱えきれないほどの大きな花束をプレゼントしてくださった。

甘いピンクの薔薇《ばら》と白い薔薇の可愛《かわい》らしい花束に、胸が高鳴る。花束を抱きかかえ優しい良い香りに包まれながら、値は張るものの保存魔法をかけてもらおうと心の中で誓った。

ノエル様からいただいた初めての花なのだ、　生大切に飾らなければ。

「そんなに喜んでもらえると、毎日でも贈りたくなります」

「ふふ、部屋の中がお花畑になってしまいますよ」

顔を見合わせて笑い、差し出された手を取って病室を後にする。

それだけでドキドキして胸が苦しくなるのを感じながらも、必死に平静を装う。

「どうぞ」

「ありがとうございます」

そうして馬車に乗り込むと、ノエル様は向かいではなくわたしの隣に腰を下ろした。ドアが閉まるのと同時に腰に手を回され、ぐいと抱き寄せられる。

整いすぎた顔が一気に近づき、くらくらと目眩《めまい》がした。

「あ、あああ、あの、ノエル様……？」

「ずっと君にこうして触れたかったんです。怪我人《けがにん》相手に病院で、というのは流石《さすが》に憚《はばか》られたので」

思い返せば制約魔法が解けた後も、一度キスをしたきり、ノエル様とは軽く手を握るくらいしかしていなかった。

同時にあの日のキスを思い出し、顔が熱くなる。婚約を申し込まれた日以来だったけれど、その時とは比べ物にならないほどに甘く、長いものだった。

「シェリー？　どうかしましたか？」

「そ、その、ノエル様とのキスを思い出してしまって」

そう答えると、ノエル様は一瞬驚いたように目を見開いた後、くすりと笑った。

慌てて口を手で覆い俯《うつむ》いたものの、今更すぎてどうしようもない。

（わたしったら動揺していたとは言え、何を正直に……！）

はしたないと思われたらどうしようと思っていると、ノエル様はわたしの頬《ほお》に触れ、そのまま彼の方を向かされる。

至近距離で紫水晶の瞳と視線が絡み、心臓が跳ねた。

「素直なシェリーは可愛いですね。思い出してくれるほど、良かったですか？」

恥ずかしくて仕方ないものの必死にこくこくと頷けば、ノエル様は綺麗《きれい》に口角を上げる。

そして次の瞬間には、ふわりと唇を塞がれていた。

「……っ」

軽く触れるだけだったけれど、わたしにとっては十分刺激が強く、顔が熱くなる。

ノエル様は頬から手を離すと、今度はわたしの右手と自身の左手を絡めた。俗に言う恋人繋《つな》ぎの形になり、指先でそっと手の甲を撫《な》でられる。

わたしはもう、息をするだけで精一杯だった。生きているのがやっとだ。

「続きは屋敷に着いてからにしましょうか」

「は、はい」

ほぼ反射的に返事をしたわたしは、はっと我に返った。

（つ、続きがあるの⁉　一体どんなことを……⁉）

色々と想像をしてしまっては動揺を隠せずにいるわたしを見て、ノエル様は満足げに微笑《ほほえ》んでいる。

「はいと言いましたからね？　約束ですよ」

「うっ……」

（わたしの心臓、果たして何秒くらい持つかしら……）

つい先日までは制約魔法が解けたわたしの態度にノエル様の方が照れていたというのに、あっという間に立場が逆転してしまっていた。

やがてアンダーソン伯爵邸へ到着すると、使用人が総出で出迎えてくれた。

二週間も経《た》っていないはずなのに、かなり久しぶりだと感じてしまう。

「シェリー様、お帰りなさいませ」

「ありがとう。心配をかけてごめんなさい、ただいま戻りました」

馬車の中から手を繋いだままのわたし達に、皆嬉《うれ》しそうな、温かな眼差《まなざ》しを向けてくれている。

アンダーソン伯爵家の使用人達は、それはもう良い人ばかりなのだ。

つい先日までは執事のホレスさんや担当のメイドには、わたしがノエル様に対し素《そ》っ気《け》ない態度を取ってしまっていたせいで、相当な気を遣わせてしまっていたはず。

だからこそ、制約魔法について正直に話すつもりだった。

『ああ、そのことについては心配しないでください。俺から伝えてありますから』

けれど、なんとノエル様がわざわざ説明をしておいてくださったらしい。

それも魔法の事故のようなものだったと、わたしに非がないかのようにフォローまでして。

『すみません、何から何まで……！』

『いえ、そもそもは俺の責任ですから。それに皆、全く気にしていないようでしたよ。「シェリー様は、相当不器用な方なのかと思っていました」なんて言っていたくらいで』

ノエル様の前では無表情かつ素っ気ない態度だったものの、本人がいない場所ではいつもノエル様への愛や素晴らしさを語っていたため、相当な照れ屋だと思われていたらしい。

不器用にも程があるとは思うけれど、使用人達からの印象が悪くなっていないのなら良かった。

その後、自室へと戻り着替えたわたしは、食堂へ向かう。わたしの退院祝いとして、シェフが腕によりをかけて昼食を準備してくれているという。

部屋にも鮮やかな花がたくさん飾られていて、使用人達の気遣いに胸が温かくなる。

「ごめんなさい、お待たせしました」

「今来たばかりですから、気にしないで」

いつものようにノエル様の向かいに腰を下ろすと、すぐに色とりどりの野菜で華やかな前菜が出された。さっぱりとした爽やかな酸味に、食欲が刺激される。

病院の食事もそれなりに美味《おい》しかったものの、やはり病院食は病院食で、薄味で量も少なかった。

久しぶりの普通の料理に、つい感動してしまう。

「とても美味しいです！　アンダーソン家のシェフは本当に素晴らしいですね」

「良かった。シェフに伝えておきます」

その後も白ワインを飲みながら、大好きな魚料理をいただく。その美味しさに感動しつつ、こうして笑顔でノエル様と食事ができる幸せを噛みしめていた。

今までは食事中も余計なことを言ってしまわないか不安で、気が気ではなかったのだ。

「それに、先ほどのクリームパスタも口当たりが良くて――」

嬉しくて仕方がなかったわたしは、気がつけばかなりお喋《しゃべ》りになってしまっていて、慌ててはっと口を噤《つぐ》む。そんなわたしに、ノエル様はひどく穏やかな眼差しを向けていた。

「す、すみません。食事中なのに……」

「いえ、とても楽しいです。ありがとう」

制約魔法の期間中は時折ノエル様が話しかけてくださる以外、二人きりの食堂の中はしんと静まり返っていたのだ。わたしよりずっと、気まずい思いをしていたに違いない。

色々と思い出しては申し訳ない気持ちになっていると、ノエル様は「シェリー」と優しく呼んだ。

「これからはもっとシェリーのことを教えてください。好きなものも、嫌いなものも」

気を遣ってくださっているノエル様に感謝しつつ、わたしは深く頷《うなず》いた。

「はい、ぜひ！　ええと、もちろん一番好きなのはノエル様で――……あの、ノエル様？」

そう答えると何故かノエル様は目を瞬かせた後、片手で目元を覆い俯いた。

なんだかその顔は、少しだけ赤いように見える。

どうしたのだろうと首を傾《かし》げていると、ノエル様はしばらくの後、小さく息を吐《つ》いた。

「……すみません、食べ物の話のつもりだったので、不意打ちで」

「えっ？」

（もう、わたしったら！　今の流れなら食べ物に決まっているじゃない！）

つられて照れてしまい、顔に熱が集まっていくのを感じながら、両手で頬を覆う。

それからは消え入りそうな声で、なんとか食べ物の好き嫌いについて伝えた。

「あの、ノエル様のことも、たくさん知りたいです」

「何でも聞いてください。シェリーにならなんでも教えますから」

「な、なんでも……？」

「はい。どんなことでも包み隠さず話しますよ」

そう言われてしまっては長年のノエル様ファンとして、立ち入ったことまで色々と尋ねてみたくなってしまう。ノエル様への質問なんて、千個は軽く思いつきそうだ。

何から尋ねようかと頭を悩ませていると、ノエル様は「ああ」と呟く。

「俺が一番好きなのはシェリーですよ、もちろん」

「も、もう！　さっきのは忘れてください」

「ははっ」

からかわれてしまい頬を膨らませたわたしを見て、ノエル様は楽しそうに笑っている。こんな風に笑うノエル様は、初めて見た気がした。

なんだかいつもよりも幼く見えて、その可愛らしい笑顔に心臓が悲鳴を上げる。

このままでは食事どころではなくなる、身が持たないと思ったわたしは、慌てて口を開いた。

「ノ、ノエル様は嫌いなものとかなさそうですよね」

「そう見えますか？　たくさんありますよ」

「はい！　全然気がつきませんでした」

一緒に食事をしていても、そんな素振りは全くなかった。

ノエル様はいつも何もかもがスマートで、完璧《かんぺき》なのだ。

「良かったです。子供ではないですし、隠していますから」

「たとえば、どんなものが嫌いなんですか？」

「にんじんが嫌いです」

「うっ」

少し照れた様子のノエル様のギャップに、ときめきによる心臓発作で死んでしまいそうになる。

（な、なんて可愛いの……犯罪級よこんなの……！　ノエル様のためなら、この世にある全てのにんじんを食べ尽くせそうだわ）

それからも他愛《たわい》ない話をたくさんしながら、とても楽しい食事の時間を過ごした。


昼食を終えた後は二人で手を繋ぎ、庭園をゆっくりと散歩した。

「本当に素敵なお庭ですね。何度来ても飽きないくらい」

「気に入ってもらえたのなら良かった。子供の頃から、庭園でよく過ごしていたんです」

伯爵邸の庭園は広く、葉一枚落ちていないほど隅から隅まで丁寧に整備されている。

庭木は美しく刈り取られ、季節に合わせた花々は完璧な配置に植えられており、庭を散歩するのも自室の窓からその景色《けしき》を眺めるのも、実はささやかな楽しみだった。

咲き誇るトレニアの前で、ふと足を止める。

ノエル様の瞳の色によく似た美しい紫色に、思わず笑みがこぼれた。

「わたし、実は花が好きなんです。元々は子供の頃、懐いていた庭師のお手伝いをしたくて、水魔法で水やりをするようになったのがきっかけなんですが、いつの間にか花の世話が好きになって」

「そうだったんですね。確かに学生時代も、よく花の世話をしていましたし」

「えっ？」

予想していなかった言葉に驚きながら、隣に立つノエル様を見上げる。

――確かにわたしは学生時代、放課後によく学園の庭園の花の世話をしていたのだ。

魔法薬学の教師が花壇の管理をしており、水やりをしながら魔法や花についての話を聞くのがわたしは好きだった。けれどそれを、わざわざ誰かに言ったこともない。

どうして知っているのだろうと不思議に思っていると、わたしの気持ちを見透かしたように、ノエル様は柔らかな笑みを浮かべた。

「俺だって、いつも君を見ていましたから」

「……そ、そうなんですか？」

「はい。気がつけば目で追っていました」

「あ、ありがとう、ございます」

（だめだわ、悲しくもないのに泣きそう）

嬉しさでいっぱいになり両手で顔を覆うと、ノエル様は「大好きです」と言って髪にキスを落としてくれる。わたしはもう、しばらく顔を上げることができなかった。


その後は騎士団本部にて会議があるというノエル様を、玄関ホールまで見送りに行った。

わたしが屋敷にいる時は必ず、出掛ける時と帰宅時には知らせてほしいとお願いしたのだ。これからはできる限り「行ってらっしゃい」と「お帰りなさい」を言いたいと思っている。

「二時間ほどで帰って来られると思うので、ぜひ夕食も一緒に」

「はい、もちろんです！　待っていますね。お気をつけて行ってらっしゃいませ」

「……ありがとう、シェリー。行ってきます」

照れたように微笑んだノエル様はわたしの頬にそっと触れると、そのまま軽く唇を重ねた。

突然のことに固まるわたしに、もう一度「行ってきます」と微笑み、ノエル様は出ていく。キスされたのだと気づいた途端、その場にへたり込みそうになってしまった。

（こ、これが俗に言う「行ってらっしゃいのキス」なの……？）

その場に残されたわたしは周りにいた使用人達からの温かい視線に耐えきれなくなり、逃げるようにして自室へと駆け込むと、ベッドに倒れ込んだ。

何らかの病気なのではと心配になるくらい、心臓が驚くほど早鐘《はやがね》を打っている。

「つ、続きなんてしたら、きっと死んでしまうわ……」

それからしばらく、ぬいぐるみを抱きしめながら足をじたばたさせ、ひとり悶《もだ》え続けた。

（ふう、取り乱して時間を無駄にしちゃった）

やがて落ち着いたわたしは、ノエル様が帰宅するまでアンダーソン伯爵家に関する本や資料を読んで過ごすことにした。

ノエル様と結婚をすれば、いずれはアンダーソン伯爵夫人になるのだ。今のわたしのままでは間違いなく、その役割を果たすことができないだろう。

優しすぎるノエル様はわたしを気遣い「俺に任せてくれれば大丈夫ですよ」と言ってくださっているけれど、いつまでも甘えているわけにはいかない。

今後は仕事やノエル様と過ごす時間の合間に、しっかりと勉強をしていこうと思っている。

「……領民は冬の間――……なるほど……」

そうしているうちにノエル様の帰宅を知らされ、急いで出迎えに向かう。

廊下にある柱時計へと視線を向ければ、予定よりも随分早い帰宅だということに気がついた。

「ノエル様、お帰りなさいませ！」

「ただいま。シェリーに一秒でも早く会いたくて、急いで帰ってきました」

玄関ホールで顔を合わせるなり抱きしめられ、意識が遠のいた。

（ノエル様が甘すぎて、そのうちわたしは人の形を保っていられなくなりそう）

まるで新婚のようだと思いながら、手を繋いで広間へと向かう。

お茶をしながらのんびりと過ごした後、一緒に夕食をとれば、あっという間に夜も更けていた。


久しぶりに広い湯船にゆっくりと浸《つ》かり、寝る支度を済ませたわたしは自室で再び読書をしていた。

ノック音が響き声をかければ、予想通りノエル様が中へ入ってくる。

わたしくらいになると、足音やノックの仕方で瞬時にノエル様だと分かってしまう。それを口に出して気色悪いと思われては困るため、少しだけ驚いたふりをしつつ笑顔を向けた。

「どうかされましたか？」

「すみません、シェリーに会いたくなって。……ついさっきまで一緒にいたのに、変ですよね」

「そっ、そんなことありません！　わたしもノエル様に会いたかったです！」

夢かと思うほど嬉しい展開に思わず大きな声が出てしまい、ノエル様は安心したように笑う。

（朝からずっと一緒にいたのに、会いたいと思ってもらえるなんて……嬉しすぎるわ）

もちろん、わたしもノエル様に会いたかった。むしろ毎日二十四時間、常にそう思っている。

「ありがとう。シェリーが眠くなるまで話をしませんか？」

「はい、ぜひ！」

ノエル様にソファを勧め、わたしもそっと少し離れた隣に腰を下ろす。

するとノエル様は距離を詰めた上に、わたしの腰をぐいと引き寄せた。ぴったりと身体《からだ》が密着する形になりネグリジェ一枚のせいか、いつもよりノエル様の体温を感じてしまう。

全身が熱くなって、指先ひとつ動かせなくなる。

「……シェリー？」

思わず俯いたわたしの顔を、ノエル様は覗き込んだ。

ノエル様もお風呂上がりらしく、ふわりと柔らかな良い香りがして目眩がした。ノエル様はわたしを殺す気なのだろうか。意識が飛ばないよう、ぐっと唇を噛みしめる。

「もしかして、嫌でしたか？」

「ま、まさか、絶対にそんなことはありません！　む、むしろ、大変ありがたく……！」

「本当に？　嬉しいな」

甘えるように肩にこてんと頭を預けてくるノエル様に、わたしはいよいよ限界を迎えていた。

いつも落ち着いていて大人な雰囲気を纏《まと》っているというのに、ギャップがありすぎる。

幸せの供給過多すぎて今すぐ叫び出したくなり、心臓がこれ以上ないほどに高鳴った。

「シェリー、大好きです」

「わ、わたしも、すごく好きです」

「良かった」

安心したように、ノエル様は長い睫毛《まつげ》を伏せる。

さらさらとした銀髪が首元にあたり、くすぐったい。雰囲気もノエル様の言葉も声も、何もかもが甘すぎて、本気で溶けてしまうのではないかと思った。

「ノエル様は明日も朝からお仕事ですよね？」

「はい。できることならずっと、シェリーと一緒にいたいんですが」

「ふふ、嬉しいです」

ちなみにわたしは職場からゆっくり休むよう言われており、来週まで休みをもらっている。

半月以上休み間違いなく迷惑をかけてしまっているというのに、みんな交代でお見舞いにまで来てくれて、本当に恵まれていると実感した。

ノエル様はわたしの腰に回す腕に力を込めると、息を吐いた。

「今日一日、本当に幸せでした。幸せすぎて怖くなるくらい」

「ノエル様……」

その表情はとても穏やかなもので、つられて笑顔になる。

「わたしも同じことを思っていました。……今までだって一緒に暮らしていたのに、ごめんなさい」

「もう謝らないでと言ったでしょう？」

眉尻を下げると、ノエル様はわたしの肩に預けていた顔を上げた。

至近距離で熱を帯びた瞳に見つめられ、目を逸《そ》らせなくなる。

「まだ、シェリーと離れたくない」

明朝から仕事のノエル様は、もうお休みにならないといけない時間だろう。制約魔法も解け、この先はいつだってこうして一緒にいられることも分かっている。

それでも今日はまだ離れたくない、という気持ちはわたしも同じだった。

「わ、わたしもノエル様と離れたくないです」

「……可愛すぎて、我慢がきかなくなりそうだ」

そっとノエル様のシャツを掴むと、彼は困ったように微笑んだ。

「今朝の続きをしても？」

「……っ」

上目遣いで見つめられ、断れるはずなんてなく。こくこくと頷けば、整いすぎた顔がゆっくりと近づいてきて、そっと唇が重なった。

最初は触れるだけのものだったけれど、やがて何度も角度を変え、深いものになっていく。呼吸の仕方も分からなかったわたしは、唇が離れた時にはすっかり酸素不足になっていた。

そんなわたしを見て、ノエル様は満足げに微笑む。

「本当に可愛い」

「す、すみません……その、下手ですよね」

「いえ、もしも上手だったら、過去の相手を捜し出して殺すところでした」

綺麗な顔で物騒なことをさらりと言うと、ノエル様は再び顔を近づけてくる。

「それに、これから俺と練習すればいいだけですから」

「ノエル様、わたし、そ、そろそろ死んでしまいます……！」

「これくらいで死んでいたら、この先はどうするんですか？」

「えっ」

（こ、この先……!?）

言葉を失い、ぱくぱくと口を動かすわたしを見て、ノエル様はふっと口元を緩めた。

「今日はこれくらいにしておきましょうか」

「は、はい！」

ほっとしたような、けれど名残《なごり》惜しい気持ちになりながら、必死に呼吸を整える。

「今夜はここで眠ってもいいですか？　もちろん、何もしませんから」

「えっ？　あっ、はい！　どうぞ！」

「ありがとう」

「ひゃっ!?」

突然の申し出に驚きつつ、ほぼ反射で頷いた途端、ひょいと身体が浮いた。

ノエル様によって抱き抱えられ、あっという間にベッドへと運ばれていく。その逞《たくま》しさに惚れ直しているうちに、静かにベッドの上に降ろされた。

「あ、あの、なんだか近すぎるような」

しっかりと抱きしめられたまま寝転がる形になり、これでは一生寝つけない気がする。

それでもノエル様は「そうですか？　まだ遠いくらいです」なんて言う。

「温かくて、すごく心地良いです。よく眠れそうだ」

「そ、それは良かったです……」

ノエル様の快眠のためなら、わたしの睡眠時間なんて捨てて世界一の抱き枕を目指そうと思う。

とは言え、今日一日はしゃぎすぎたせいか、明かりを消すとゆるやかな眠気が襲ってきた。

「明日以降も俺がいない間は、しっかり護衛をつけておきますから」

「えっ？　でも、もうクリフ様は捕まりましたし」

「シェリーはこんなにも可愛いんです。またどこの男に目をつけられるか分かりません」

「そんな、わたしなんて……」

正直なところ、わたしはそこまでの美女というわけでもないのに、ノエル様は本気でそう言っているようだった。きっと、特殊なフィルターがかかってしまっているに違いない。

「本来なら、屋敷から一歩も出したくないくらいです」

「ふふ、ノエル様ったら」

　そうは言いながらも仕事だってこの先、わたしの自由にしていいと言ってくれている。

　その優しさが嬉しくて、わたしは彼の背中にそっと手を回した。

「わたし、ノエル様が好きです。初めて見た時から、ノエル様だけが大好きです。ノエル様のことを好きになって本当に良かった」

「……シェリー」

　過去のわたしに、今はこんなにも幸せだと教えてあげたい。

　——遠回りしてしまったけれど、二度とノエル様を不安にさせないよう、これからは素直な気持ちをたくさん伝えていくつもりだ。

　すると、ノエル様はわたしを抱きしめる腕に力を込めた。

「……俺を好きになってくれて、ありがとう」

「こちらこそありがとうございます。ずっとずっと、好きでいます」

　耳元で「泣きそうだ」と呟く彼が、愛しくて仕方ない。

　大好きな優しい温《ぬく》もりに包まれながら、これからも続く幸せな日々に思いを馳《は》せた。

あとがき

afterword

こんにちは、琴子と申します。

この度は「押して駄目だったので、引いてみることにしたのですが」をお手に取ってくださり、誠にありがとうございます！

本作は私が小説を書き始めて四ヶ月ほどの頃に書いたもので、今から二年半前の作品になります。

こうして今、素晴らしいイラストと共に素敵な本にしていただき、本当に本当に嬉しいです。

この二年半は毎日小説を書き続けていたため、私も少しばかり成長していたようで、改稿を始めた当初は文章の拙さや設定の甘さに悶えたりもしました（照）

担当編集さんの的確なアドバイスのもと、改稿を重ねしっかりバージョンアップし、今は自信を持って皆さまにお届けできる作品となりました。

一番の変化は、シェリーの心の声を全体的に入れたことかなと思います。

本作の見どころはシェリーの冷たい態度と「ノエルが大好き！」という心情の差だと思うので、その部分は以前よりも分かりやすくなった気がしています。

また、私はとにかくヤンデレが大好きでヤンデレが出てくるお話ばかりを書いているのですが、本作はヤンデレＶＳヤンデレということで、それはもううきうきで書きました。

ノエルのような正統派ソフトヤンデレも好きですが、クリフのような頭のネジが飛んだタイプのヤンデレも好きです。ヤンデレはみんな違ってみんな良いですね。

いつか地獄のようなヤンデレ三つ巴の戦いも書いてみたいです。

私の書くヒロインは受け身タイプが多いのですが、シェリーは間違いなく一番積極的でアクティブな子なので、すごくかわいくて楽しかったです。

素直に気持ちを伝えるまっすぐなシェリーに、ノエルが絆されたのも納得だなと思います。

そして、とってもとってもかわいいシェリーと格好良すぎる王子様なノエルたちを描いてくださった風ことら先生、本当にありがとうございます！

キャラデザを最初にいただいた時、あまりの美しさや眩しさ、解釈一致ぷりに感激しました。

神カバーイラストや口絵イラストが届くたび、毎回感動して萌え転がってはひたすら感謝しながら眺め続けておりました……。今も眺めながらあとがきを書いています。全部全部好きです。

本作は書籍より先にむぎちゃぽよこ先生にコミカライズしていただいており、コミックス全二巻が大好評発売中です。なんとあのシーンもこのシーンも、全て素敵な漫画で読めてしまいます。最高にかわいくてときめきが詰まっているので、ぜひお手にとっていただきたいです。

いつも優しく丁寧に対応してくださる担当編集様、そして本作の制作・販売に携わってくださった全ての方にも感謝申し上げます。

最後になりますが、ここまでお読みいただきありがとうございました！

また、どこかでお会いできますように。

琴子

押《お》して駄目《だめ》だったので、引《ひ》いてみることにしたのですが

初出……「押して駄目だったので、引いてみることにしたのですが」
小説投稿サイト「小説家になろう」で掲載

2023年2月5日　初版発行

【著者】琴《こと》子《こ》
【イラスト】風《ふう》ことら

【発行者】野内雅宏

【発行所】株式会社一迅社
〒160-0022
東京都新宿区新宿3-1-13　京王新宿追分ビル5F
電話　03-5312-7432（編集）
電話　03-5312-6150（販売）

発売元：株式会社講談社（講談社・一迅社）

【印刷所・製本】大日本印刷株式会社
【DTP】株式会社三協美術

【装幀】AFTERGLOW

ISBN978-4-7580-9528-0

おたよりの宛先
〒160-0022
東京都新宿区新宿3-1-13　京王新宿追分ビル5F
株式会社一迅社　ノベル編集部
琴子先生・風 ことら先生